文春文庫

令和　人間椅子

志駕　晃

文藝春秋

目次

令和　人間椅子

令和　人間椅子

白石美子《しらいしよしこ》は出勤していく夫の背中を見送ると、自分の書斎に移動する。

世の中に容姿端麗な女性は少なくはないが、才色兼備となるとどうだろうか。クイズ番組で活躍する美人東大生をよく目にするが、美子は大学在学中に小説家としてデビューし、その翌年に日本で一番有名な文学賞を受賞した。受賞直後に彼女がマスコミの寵《ちよう》児《じ》になったのは、友人の遺書をもとに書かれた私小説風の内容が衝撃的だったこともあったが、現役女子大生だった彼女の美貌によるところも大きかった。

デビューから十年後に、美子は大学教授の今の夫と結婚する。

夫はそれなりに知られた人工知能の研究家で、美子とは雑誌の対談で知り合った。いつも研究のことばかり考えている堅物で、出会った時には美子の作品は一つも読んでいなかった。文学界のアイドルだった美子の活躍も一切知らず、しかしそんな夫の素朴な人柄が気に入り半年の交際を経て結婚した。

夫が大学に出掛けるのを見送ると、彼女は執筆活動に取りかかる。

夫が家にいる間は執筆を止めて、妻らしく家事に専念する。そんな昭和的な良妻を彼女が目指したのは、本人が望んだというよりも、そうした方が読者や世間のイメージがいいということを、経験的に察知していたからだった。天才美少女作家としてデビューした美子は、その美貌にもかかわらず熱愛が噂されたことは一度もなかった。実際は芸能人やスポーツ選手と交際したこともあったが、文学界のアイドルのスキャンダルを週刊誌に書かれるはずがなかった。

彼女の作風もデビュー当時から一貫していて、揺れ動く若い女性の繊細な心情を描くものだったので、作者自身にも清くて美しく、そしてどことなく儚《はかな》いイメージが求められた。しかしその路線は、いよいよ飽きられつつあることを美子自身が痛切に感じていた。

「ハイ、アマン」

美子は自分の書斎に入ると、スマートスピーカーに話しかける。自分専用のスマートスピーカーをアマンと名付け、もう十年来の付き合いになる。アマンは美子のスマホや自家用車のナビゲーションシステムとも連動しているので、まるで自分の秘書のような存在だった。

「お早うございます。昨夜はよく眠れましたか」

滑舌のよい女性の声が聞こえる。

以前は舌足らずの発声しかできなかった人工知能だったが、コンピューターの音声合成技術は二〇二〇年代に飛躍的に進歩した。

「ええ、ぐっすりと」

「それは良かったですね」

しかもアマンの声色は、実際の人間のアナウンサーの声を合成して作られているので、非常に聞きやすく感情表現も豊かだった。

「今朝の体温は三五度五分でした。あと三日ほどで、排卵日がくる可能性が高いです」

部屋全体がＩｏＴ化されているこの家では、家族の健康状態を絶えずチェックしていた。結婚して三年が経ったが、美子夫婦にはまだ子供がいない。そろそろ本格的な不妊治療を考える時期に差しかかっていた。

「排卵日のことは、旦那様にお伝えしますか？」

アマンは先回りをして、そんな心配までしてくれる。

「それはいいわ。それより今日の予定を教えてくれる」

「今日は新刊のゲラの直しと、来週分のネット小説の締め切り日です。そして午後四時から編集の井手《いで》さんとの打ち合わせが入っています」

美子は冷蔵庫からミネラルウォーターのペットボトルを取り出して、リビングのソファーに座る。

今日は担当編集者に、新作小説のプロットを渡す約束になっていた。

「アマン、音楽をかけて」

ピアノの旋律が印象的なジャズが流れ出した。

その曲は美人ピアニストが演奏していて、その女性と雑誌で対談したこともあり、今では彼女のお気に入りの一曲だった。しかしそのピアニストが、この度《たび》有名な外科医と結婚することになり、その結婚相手がイケメンだったので、ちょっと気分が乗らなかった。

「アマン、別の曲にして」

打って変わって、ビルボード一位になったＫ－ｐｏｐのナンバーが流れ出す。

アマンは美子の好きな曲を的確に選曲してくれる。ジャンルを問わないアマンの選曲はとても斬新で、洋楽、邦楽、ジャズにポップスにクラッシックと、まるで一貫性のない曲が連続するが、それがとても心地よい。初めて聴く曲もあったりするが、なぜか懐かしい響きがあり、中にはＡＩが作曲したものもあるらしい。

美子はフランス製のアンティーク机で、原稿を執筆していた。オーク材のこの机は、カブリオールレッグといわれる優雅な猫脚のデザインをしていて、ここに座っているだけでファンタジーの世界の主人公になったような気分だった。その対《つい》となる椅子も、女性の脚線美を思わせるＳ字型の四つの脚を持っていた。

美子はパソコンの電源を入れる。

五年以上も使い込んでいるラップトップ式のパソコンは、なかなか立ち上がらなくて苛《いら》ついてくる。今日の四時までに新刊のプロットを書き上げて、編集者に渡さなければならない。

やっとパソコンが立ち上がり、昨日の書きかけの続きを書きはじめたが、すぐにキーボードを叩く指が止まってしまった。しょうがないのでもう一度初めから読み直してみるが、なにか酷《ひど》くつまらない作品のような気がしてしまう。

ミネラルウォーターを一口飲みながら美子はパソコンを閉じ、先に再来月に発売される小説のゲラの直しに取り掛かることにした。こんな気分の時に、新しいアイデアが浮かぶはずがない。アイデアは考えるものではなく、どこかから落ちてくるものというのが美子の考えだった。

校正マンの鉛筆の書き込みが入ったゲラに、赤ペンを入れていく。校正マンの指摘の通り修正する場合は赤く囲み、そうでないところは自分なりに修正する。しかし自分で書いた文章なのに、読むたびに直しを入れたくなる。まるで他人が書いた文章のように感じてしまうのはなぜだろう。


猫脚の机の上で二時間集中し、なんとかゲラの直しが終了した。

両手を大きく上げて伸びをする。そしてパソコンを立ち上げて、今度こそ新作小説のプロットに取り掛かる。プロットの続きを何行か書き進めるが、その文章を二度三度と修正する。美子は濡れ羽色の黒髪を掻き上げ、肘をついて考える。

ふと時計を見ると、午前一一時になろうとしていた。

「ハイ、アマン。音楽を止めて」

曲の途中でいきなり音楽が消える。

そして椅子から立ち上がった美子は、書斎を離れリビングへと移動する。

この芝浦のタワーマンションからは、レインボーブリッジとお台場エリアの高層ビルが見える。全長七九八メートルの巨大な吊橋を行き来する車たちを眺めながら、美子が大きく首を捻《ひね》るとボキボキと骨が鳴る音がした。

「アマン。マッサージチェアの電源を入れて」

リビングには、AI機能が搭載されたマッサージチェアが置かれていた。

「かしこまりました」

アイデアに詰まった時に、頼りになるのはこのマッサージチェアだった。この椅子に癒されてリフレッシュすると、アイデアが湧いてくることがあった。

美子はマッサージチェアに横たわると、タブレット画面をタッチする。

「全身の状態をチェックします」

男性の声が聞こえた。昔ながらのコンピューターの音声で、不自然なイントネーションの日本語だった。AIスピーカーのアマンは日々バージョンアップされてきたが、同じAIでもこのマッサージチェアは違っていた。

ゆっくりとマッサージチェアの背もたれが倒れていくと同時に、アームが下りてきて背中に当たるローラーが動きはじめる。このマシーンは座るだけで、体重、血圧、脈拍、体温などを自動的に測定してくれる。さらに年に一回の人間ドックの結果とも紐づいているので、病気の兆候が見られた場合は、自動的にかかりつけの医師に連絡までしてくれる。

売り出された当時は、百万円を超える高額スマート家電だった。しかし今では型落ちモデルとなってしまい、美子はそれをネットオークションでまずまずの値段で競り落とした。そして数ヵ月前にこのリビングに設置されると、美子は毎日のようにこのマシーンの上に横たわるようになっていた。

足をスキーブーツのようなマルチエアーユニットに突っ込み、腕も同様にユニットに入れると、宇宙服を着たような感じになる。さらにヘッドユニットが下りてきて、頭をすっぽりと覆ってしまう。そしてアジャストセンサーが作動して、体のどの部分が凝《こ》っているか、何か異常がないかを測定しはじめる。

やがてエアーセルに空気が入ると、足と腕が心地よく圧迫される。六五八個設置されたエアーセルは空気圧を利用して手足をほぐすのだが、それはまるで誰かに手足を握られているような感覚だった。さらに腰や肩そして首のツボに、揉《も》み玉の位置をその凝り具合に合わせて自動的に調整する。

このマッサージチェアを購入してから、美子は街のマッサージやエステサロンに行くのが馬鹿々々しくなった。このマッサージチェアは、プロのマッサージ師を遥かに越えていたからだ。自動的に凝りの原因を突きとめて、実に的確にそして気持ちよく全身を癒してくれていた。

「全身のチェックが終了しました。マッサージ時間を指定してください」

「一時間でお願い」

心身ともにリラックスして、その後に新作小説のプロット作りに取り掛かろう。

「かしこまりました」

その言葉を合図にゆっくり揉み玉が動き出し、肩、首、腰、脚、足裏、そして掌《てのひら》まで体全体が揉まれはじめる。このマッサージチェアは、美子の身長体重はもちろん肩、首、脚などのサイズ、そしてアウターマッスルは当然ながらインナーマッスルまでその形や大きさを検知し記憶させてあった。そしてその時々のデータをもとに、最善の揉み方を自動的に選択する。しかも美子だけではなく、このマッサージチェアに座った全ての人のデータを記憶している。

「強さはいかがですか?」

「ちょうどいいわ。そのまま続けて」

「かしこまりました」

このマッサージチェアは音声認識装置を搭載しているので、細かいボタン操作は不要だった。

揉み玉が美子の腰を強く押す。

痛みとも快感ともいえるような感覚が腰を襲う。思わず喘《あえ》ぎ声が漏れてしまう。

「強すぎましたか」

「大丈夫。もっとお願い」

さらに強烈な快感に、美子は顔を歪ませる。

「うーん、気持ちいい。あいつとセックスするより、あなたのマッサージの方がよっぽどいいわ」

「有難うございます」

美子の瞼が重くなる。

唯一このマッサージチェアの欠点をあげれば、あまりに気持ちが良くて眠ってしまうことだった。小説のアイデアを考えようと思っていたが、あっという間に美子は小さな寝息をたてはじめる。


「マッサージが終了しました」

案の定眠ってしまった美子は、その声で目を覚ます。もう少しマッサージチェアに横たわっていたかったが、大きく伸びをして起き上がる。心身ともに爽快となり、少しは小説のアイデアが浮かびそうな気がしてきた。

「ハイ、アマン。テレビをつけて」

リビングにある大型テレビの電源が入る。

『清崎康彦《きよさきやすひこ》、大麻所持の疑いで逮捕』

そんなテロップとともに、中年の女子アナが緊張した面持ちでニュースを読んでいた。

『元プロ野球選手清崎康彦四二歳が、大麻取締法違反の疑いで逮捕されました。昨日、清崎の自宅を捜査したところ、大麻二〇グラムが発見されました。尿検査でも陽性となり、大麻の使用を清崎本人も認めています。清崎は甲子園の最多ホームラン記録を塗り替えるなど、入団当初から活躍が期待された人気選手でしたが、肩の怪我による現役引退後は離婚や金銭トラブルを繰り返していました。警察では清崎の大麻の入手先を、現在捜査しています』

これが新しい小説の何かのヒントになるだろうか。

小首を捻って考えたが、野球に関心のない美子はすぐに興味をなくした。

そして書斎に戻り、猫脚の机に向かうと、書きかけのパソコンの画面と睨《にら》めっこする。

しかし新しいアイデアは浮かばない。

壁の時計を見ると、正午を指していた。

「うーん、いよいよ困ったな」

食事をしようかとも思ったが、そんな暇があったら小説のアイデアを考えたい。四時にやって来る編集者は、デビュー当時からの担当だが、今日までに絶対にプロットを上げると約束をしてしまっていた。

何かネタがないかと思いつつ、美子はインターネットを立ち上げる。

トップニュースをチェックすると、総理大臣が執務中に倒れたという速報が載っていた。もともと心臓に疾患があった総理は、急きょ外科手術を受けるため慶進大学病院に入院したが、その執刀は心臓外科の超一流の外科医が担当するらしいので、問題はないと書かれていた。

美子は腕を組んで考える。これが新作小説の何かのアイデアになるのではないか。

その時、メールサービスのアイコンの左上に①と表示された赤いマークを発見する。

すぐにメールサービスのアイコンをクリックすると、その新着メールの件名には「親愛なる白石美子先生へ」と書かれていた。

親愛なる白石美子先生へ

拝啓

このような不躾《ぶしつけ》なメールを送る非礼をお許しください。

私は白石先生の大ファンで、先生の書籍はすべて読ませていただきました。また先生のSNSも、更新されることを日々心待ちにして過ごしております。さらに先生が雑誌やテレビでインタビューされたものも、必ず拝見しています。

先生は才能溢れる作家でいらっしゃる上に、女優さんのような容姿も併せ持っていて本当に素晴らしいです。才色兼備という言葉は、まさに先生のためにあるのだと思います。先生の文章に胸を熱くした後に、先生のお写真を見ると今度は思わずため息が出てしまいます。本当に私みたいな出来損ないとは、月とスッポンのようだと思わざるを得ません。

少しでも先生に近づきたいと思っていましたが、私の容姿はもう変わりようがありませんので、せめて先生のように小説を書いてみたいと思いました。最初は全然ものにならなかったのですが、自分の体験をもとにアレンジを加えていくうちに、なんとか短編が一つ書きあがりました。

これをどこかの出版社の新人賞に送ろうかと思いましたが、まずは親愛なる先生や、または先生のお知り合いの編集者に読んでいただけたらと思いメールしました。もしもこの作品を読み終えて、先生の琴線に触れましたら望外の喜びでございます。

先生のますますのご活躍をお祈りしています。

敬具

メールには、一つのファイルが添付されていた。

美子はそのメールの送り主の真意を考えてみる。差出人には「ファンより」とあったが、ただの一ファンがこの美子のアドレスを知っているのは不可解だった。作家名でSNSのアカウントをもっていたので、そこにファンからのメッセージが届くことはあったが、このメールアドレスは家族や友人、そして担当編集者などごく限られた人物しか知らないはずだ。
添付ファイルを開こうかと思ったが、クリックしようとする指が止まる。ひょっとし
て、これが何かの詐欺だったり変なウィルスに汚染されているのではないか。このパソ
コンには最新のセキュリティソフトを入れているが、それで万全というわけではない。
セキュリティソフトでも感知できないコンピューターウィルスだってあるはずだ。実際、
怪しい日本語で書かれた通販や通信会社の名前を騙《かた》ったフィッシング詐欺のメールが届
くことも珍しくない。
やはりこのメールは、クリックしないでゴミ箱に直行させよう。そう思った美子は、
メールを添付ファイルごとゴミ箱に送ろうとした。
しかしもう一度メールの文面を読み返した。
メールの送り主は男性なのか女性なのか。若者のような言葉もあるが、ひどく古臭い
ものも使われている。
思わず美子の過去の記憶が蘇る。
彼女は大学生の時に初めて書きあげた長編小説を、大ファンだった女性作家に送った
ことがあった。作家の住所がわからなかったので出版社宛に郵送したのだが、その女性
作家には読んでもらえなかったものの、編集者の目に留まりそれがきっかけでデビュー
することができた。

この添付ファイルのアドレスの主にも、そんな奇跡が待っているのではないか。この小説に何か光るものがあれば、冒頭を読んだだけでもわかる。せめて冒頭の部分だけでも、読んであげよう。それでなくとも、今の自分は新作のアイデアに煮詰まっている。この作品の中に何かのヒントがあるかもしれない。

そう思った美子は、意を決すると添付のファイルをクリックする。

私は先天的に、目が見えません。

言葉もあまり達者ではありませんし、考える力も十分とはいえない出来損ないですが、私には二つだけ特技がございます。

特技の一つ目は、私は人が言ったことや自分が触ったものを絶対に忘れないということです。一度見た連続性のない長い数字を覚えたり、一度聴いたメロディをいつになっても忘れないなど、そういう特殊な能力の持ち主のサバン症候群の人が稀《まれ》にいますが、私もそれに似たような能力が備わっているものと思ってください。

そして私のもう一つの特技は、昔の言葉でいうところの按摩《あんま》、つまりマッサージが得意だということでございます。

美子先生、なんだマッサージかなどと侮《あなど》ったりしてはいけません。

日本人は明治時代以降、西洋医学をやたらと有難がる一方で東洋医学を軽んじる傾向がありますが、東洋医学、特に鍼灸《しんきゅう》按摩には人間の体自体が持つ免疫力を高め、薬や注射ではできない治療が可能なのです。しかも按摩マッサージ指圧師や鍼灸師は、医師や歯科医師と同様の国家資格が必要です。ですから国家資格を取得したマッサージ師の施術は医学的な治療行為とみなされて、医療保険も適用されるケースがあるわけでございます。

私は人間の体中にあるツボを的確に指圧して、老化防止や疲労回復、そして集中力の向上を図ってきました。さらにマッサージによって筋肉を刺激すれば、リンパも流れやすくなり、溜まっていた水分や老廃物が回収されます。同時に血行もよくなるので、冷えや肩こりが改善し体内環境も整うために、免疫力の向上に繋がり病気に罹《かか》りにくくなるのです。

私はマッサージをすることで、今までたくさんの方々のお役に立ってきたと自負しております。睡眠障害、生理不順、不妊症、鬱《うつ》など、現代人は西洋医学、特に薬物の投与に頼り過ぎているように思われます。薬には副作用が生じます。しかし人間の体にはもともと自然治癒能力が備わっておりますから、そんなことをしなくとも本来は健康を取り戻せるのです。しかも東洋医学は体質を根本から治療する特徴がありますから、美容や老化防止にも効果があります。

私はこれまでに身体の色々なツボを刺激することで、現代人が陥りやすい様々な病気を治療してまいりました。今までは自分の中にその施術方法をインプットするばかりでしたが、誰かに知ってもらった方がいいのではと考えるようになりました。それだけでは医学的過ぎて一般の方にはつまらないでしょうから、施術の途中で知ってしまったちょっとしたエピソードも書き加えておきましたので、最後まで楽しんで読んでいただければ幸いです。

私が生まれて初めて施術した方は、若い女性でございました。

彼女は酷い肩こりの持ち主で、さらに極度の生理不順で悩んでいました。日々激しいストレスを感じていたので、最初のうちは私が施術をしてもなかなか良くはなりませんでした。

それほどまでに不健康な体になってしまったのは、彼女の仕事に原因がありました。彼女は早朝のテレビ番組に、毎日出演するアナウンサーだったのでございます。アナウンサーは昔から女子大生の憧れの職業ナンバーワンといわれますが、その仕事内容はあまりにも過酷です。公共の電波に携わる以上些細《ささい》なミスも許されませんし、常に正しい日本語の使用を心掛けなければなりません。もしもニュースの漢字を読み間違ったりしてしまえば、ネットで人格を否定されるような厳しい批判に晒《さら》されます。

さらに全国の視聴者の目に触れるため、身だしなみはいつも完璧にしておかなければなりません。その私生活を週刊誌に狙われて、下着が透けて見えたとか見えないとかの写真で大騒ぎになることもございます。万が一にも不倫などが発覚すれば、即刻番組を降板させられ、一生テレビに出演することはできないでしょう。さらに社内での妬《ねた》みや嫉《そね》み、同僚のアナウンサーとの足の引っ張り合いなどもあるようです。その一方で、アナウンサーといえども放送局の一社員ですから、そのお給料は一般的なＯＬと大きな差はありません。

そして早朝の番組の担当だったことが、彼女の最大のストレスになっていました。

彼女の起床時間は午前二時です。そんな未明に起きるためには、早く寝なければなりませんが、寝坊してはならないというストレスが彼女の睡眠の質を悪化させます。やがて体内時計が狂いだし、ホルモンバランスやリンパの流れがおかしくなって、一睡もできずに朝になってしまうということも起こりました。

そうなると、全ては悪循環となってしまいます。

それが原因で彼女の肌や髪もすっかり荒れてしまい、厚いメイクでその肌荒れを隠さざるを得ません。さらに洋服を脱げば、原因不明の湿疹が体中にできていて、遂に生理までも止まってしまいました。睡眠不足による集中力の欠如から生放送で凡ミスをしてしまいプロデューサーから叱責された彼女は、最後の手段として睡眠薬を服用することを考えました。

既にその時には、局の上層部からプロデューサーに彼女を降板させるように指示が下りていました。番組の視聴率が悪かったため、彼女をスケープゴートにしようと考えたわけです。

担当プロデューサーが必死になって抵抗したので降板だけは免れましたが、彼女はまさに絶体絶命という状況でございました。

私は彼女を助けたい一心で、必死に治療法を考えました。なんとか私の施術で、彼女に快適な睡眠を取り戻してもらうことができないだろうか。

人間の体の中に、睡眠を促すツボはいくつかあります。「労宮《ろうきゅう》」は手を握った時に人差し指と中指の先端の中間にあるツボで、ここを人差し指の付け根に向かって押すとよい効果があります。「失眠《しつみん》」は足の裏側、かかとの中央の少しへこんだところです。眠りを失うと書くのに、このツボは不眠解消に効果があり、さらにむくみ、膝関節症、下半身の冷えにも効くのです。そして手首の近くにある「内関《ないかん》」は、自律神経を整えて快眠をサポートしてくれるツボなのです。

その三つのツボを重点的にマッサージすると、徐々に効果が表れました。やがて彼女は、私が施術をしている内に眠りに落ちるようになりました。私は注意深く彼女を観察しました。その心臓の鼓動、脈拍、血圧などから推察しても、彼女が深い睡眠を得ているのは間違いありませんでした。

さらに施術を繰り返すうちに、彼女は夜間の睡眠時にも深い眠りが得られるようになりました。睡眠障害が改善されるにつれて、彼女の体調は明らかに回復に向かいました。生理不順も肌荒れも治り、原因不明の湿疹も嘘のように消えてしまったのです。体調さえ戻れば、誰からも好感を持たれる容姿と性格の持ち主ですから、番組の視聴率は上昇に転じ、やがて彼女自身も注目されるようになってきました。「好きな女子アナランキング」で常に上位に入るようになった彼女は、映画やファッション雑誌のグラビアにも登場するようになり、ある時は巨匠と呼ばれる写真家に半分裸のような写真を撮ってもらったこともありました。ゲームやアニメで声優のような仕事もやり、またスマートスピーカーの声のモデルに抜擢されるなど、その活躍の場は順調に広がっていきました。

やがて彼女に大手芸能事務所から、独立の誘いが舞い込みました。ライバル局の帯番組の司会者が辞めることになり、その後釜に彼女に白羽の矢が立ったのでございます。その契約金だけでも億単位の金額が手に入ることになります。しかし育ててもらった会社にも恩はあります。彼女は契約書にサインをするか否か、人生の岐路を迎えていました。

私は何も言わず、そんな彼女の全身を毎日丁寧に揉みほぐしていました。

相変わらず施術がはじまると、彼女は五分もしないで寝てしまいます。彼女からはいつもシャンプーのいい香りがします。私はその可愛い寝顔を間近に感じながら、その脚、腰、肩、首、そして掌をまんべんなく揉みほぐすことができるのです。まさに役得というわけですが、これを幸せと呼ばなければ、私は一体何を幸せと呼べばいいのでしょうか。

ちょっと邪《よこしま》な気持ちを抱くこともございました。

日本中の男性を虜にしているその魅惑的な肉体が、無防備なまま私の前に横たわっているのです。私にはその肉体に不埒《ふらち》な行為をすることができます。その睡眠の深さから考えれば、悪戯《いたずら》に彼女のデリケートな部分を触ったとしても目を覚ますことはないでしょう。

私が二人目に施術したのは、若い男性でございました。

その人物の体軀は素晴らしく、身長は一八〇センチ、体重が八六キロなのにもかかわらず、体脂肪率は一五％しかありません。また体全体の筋肉が発達し、そのため太もも回りが六〇センチ、腕回りも四〇センチありました。体全体の筋肉量である骨格筋量は四八キロもあり、厳しい筋肉トレーニングを行っていることがその数値からもわかりました。

そんな素晴らしい身体の持ち主ならば、私の出番などないのではとお思いでしょうが、彼の体を調べてみると驚くべきことがわかりました。彼の全身は疲労の蓄積で悲鳴を上げていたのでございます。特に肩と肘は重症で、このままでは大きな怪我をしてしまいます。

彼は在京の人気プロ野球球団のスター選手でした。しかし高校生の頃から肘と肩を酷使していたために、そんなボロボロの体になってしまったのです。

私はそんな彼に、スポーツマッサージを行いました。

スポーツマッサージは、筋肉や血管、神経の働きを活発にして、血液やリンパの循環を促して自己回復能力を高める治療法です。筋肉を使うと疲労物質の乳酸が体内に蓄積されてしまいますが、マッサージによってまずはこれを体全体に分散させて疲労回復を図ります。

さらに彼がよく眠れるように、女性アナウンサーの睡眠障害を治した時と同様の施術を行いました。日本ではまだあまり知られていませんが、睡眠は運動スキルを高める効果があるのでございます。

美子先生は、短距離走者のウサイン・ボルトが、昼寝をよくしていたのをご存じでしょうか。また二刀流で大人気のあの野球選手も、睡眠をとても大切にしています。

運動のスキルは練習すれば向上しますが、睡眠中にそれがしっかり脳に記憶されるとさらにパフォーマンスが向上します。これは私が口から出まかせを言っているのではなく、国際オリンピック委員会が「スポーツにおける睡眠の重要性を訴えるレポート」を発表しているぐらいですので、もしも興味がございましたら調べてみて下さい。

やがて彼の肘と肩は改善し、さらに睡眠によるパフォーマンスの向上もあり、どんどん試合で活躍するようになりました。

これには、私が最初に施術したあの女性アナウンサーも大喜びでした。

なぜならば、そのプロ野球選手は彼女の恋人だったからです。彼は試合のない月曜日に彼女の部屋を訪れることが多く、その時に私は彼の施術をしていたのです。マッサージが終了した後に部屋で語り合う二人は、とても幸せそうでした。そしてその後、二人はベッドルームに移動して激しく愛し合いました。しかし不思議なことに、隣の部屋から聞こえてくる彼女の嬌声を聞いていると、私の中に微妙な感情が芽生えるようになりました。

それをなんと表現すればいいのかは、その時の私にはわかりませんでした。

私は彼女が大好きです。そして彼女はそのプロ野球選手のことが大好きで、その選手が私の施術によって活躍するようになったのですから、私も喜ぶべきだと思いました。しかしそれが、少しも嬉しくないのです。むしろ間違ったマッサージをして、彼を元の状態に戻してやろうかとも思いました。

そんなことを考えていても、私の体は忠実に業務を遂行します。彼らがもっと愛し合い、さらなる喜びを得る方法も思いつきました。

美子先生、人間には「八髎穴《はちりようけつ》」「三陰交《さんいんこう》」「腎兪《じんゆ》」「衝門《しようもん》」という性欲を増進させるツボがあることをご存じでしょうか。

「八髎穴」は骨盤の血液循環を促すツボで、女性の行為中の感度を上げることができるのです。「腎兪」も腰にありまして、女性が絶頂に達しやすくさせるツボでございます。「三陰交」という足の内くるぶしの少し上のツボは特に強力で、ここを刺激すると女性を淫乱にさせてしまうといわれています。

そして鼠径《そけい》部・足の付け根にある「衝門」は即効性のあるツボで、男女ともにここを刺激されると、急にムラムラとした気分になって行為をはじめたくなるツボなのです。

先生はまさかと思うでしょうが、それらのツボは押すだけで男性器に十分な血液を提供するため、アダルトビデオの撮影現場で実践的に使われていたりもするのです。

そのような施術をして、さぞや二人の関係が高まったものと思われるでしょうが、二人の関係は意外な結末を迎えます。それから一ヵ月後に、二人の交際は突然終わってしまったのです。プロ野球の試合は、基本的には夜に行われるものです。その一方でアナウンサーの彼女は朝が早いので、彼が試合をしている最中には睡眠のためにベッドに入らなければなりません。

私の施術で成績が上がったそのプロ野球選手は、寝ている恋人に電話をするわけにもいきませんので、チームメイトと夜の街に繰り出すようになりました。成績が上がり注目が高まった彼は、夜の街でも人気者となりました。

そして夜の街の顔役のヤクザ者が、彼がいた野球チームの大ファンでそのプロ野球選手に取り入ろうと考えました。若い男性に取り入ろうとするならば、若くてきれいな女性を紹介するのが一番です。私の施術も効いているので、彼は自分の性欲を抑えることができません。紹介された夜の女性たちもすっかり人気選手の彼を気に入り、その女子アナの恋人がいるにもかかわらず、他の女性とも関係を持つようになってしまいました。しかもそれは一人や二人ではなかったのでございます。

それが写真週刊誌の知るところとなり、そのプロ野球選手は徹底的に尾行をされました。そして遂に誰にも知られたことがなかったアナウンサーの彼女との逢瀬《おうせ》が露見します。そしてマンションに出入りする二人の写真とともに、その記事は週刊誌に大々的に掲載されてしまいました。大喧嘩をした後に、大きな音を立てて出て行った彼が、彼女の部屋に現れることは二度とありませんでした。

写真週刊誌にスクープされてしまったので、億単位の契約金をともなった彼女の移籍話は雲散霧消しました。二人は不倫関係にあったわけではありませんでしたが、甲子園を沸かせたビッグスターとの艶聞は、お茶の間の主婦たちには受け入れられません。暫《しばら》くすると、私は彼女の部屋で新しい男性の施術をするようになりました。プロ野球選手と別れても、私の施術で性欲が高まった彼女は大人しくしていられなかったのかもしれません。

彼女の部屋で私が新しく施術をしたのは、番組のプロデューサーでした。

そうです。彼女が番組を降板させられそうになった時に、必死になって反対した男でございます。移籍話もなくなりさらに朝のレギュラー番組も降板させられたため、彼女は会社を辞めることも考えました。その局の先輩アナウンサーで会社を辞めてフリーになった人も少なからずいます。しかし下品な写真集を出版させられたり、お笑い芸人と一緒にバラエティー番組で体を張ったりと、なかなか大変そうでした。

「結婚しよう」

プロデューサーは、彼女にプロポーズしました。

「地味な番組で真面目にニュースを読むことだって、アナウンサーの大事な仕事だ。そして僕と、平凡だけど幸せな家庭を作ろう」

彼女はそのプロポーズを受け入れました。

結婚と同時に、二人は新居に引っ越すことになりました。それを機に私は彼女の施術をしなくなりました。早朝出社の必要もなく、地道なアナウンサー業務を淡々とこなす彼女には、私の施術が必要ではなくなったのでしょう。


その後私は、長野の温泉地にある高級旅館で施術を行うようになりました。

湯上がり後にマッサージを希望するお客様は存外多く、老若男女を問わず私は様々なお客様の体を施術してまいりました。ギリシア彫刻のような隆々とした肉体、だらしなくビール腹を突きだした中年男性、触っただけで骨が折れてしまうのではと心配してしまうやせ細った老人、まだマッサージなど必要ないような第二次性徴前の子供など、人間の体は一つとして同じものはありません。

そんな中で、私は女性の体を施術する機会が多かったように思います。若くて弾むような肌の持ち主よりは、ちょっと年を取って妖艶な魅力を持ち出すぐらいの女性の方が、私の施術を喜んでもらえたのです。

冒頭でも申し上げた通り、私は一度触った方ならば、その体の形態から健康状態まですべてを決して忘れません。そして彼らのプライベートな会話なども、全てそのまま記憶しています。それをここに細叙《さいじょ》するのが目的ではありませんので、そろそろ先を急ぎたいと思います。

その後私は、ある美人ピアニストをお部屋で施術するようになりました。

四歳からピアノをはじめた彼女は、音楽大学を優秀な成績で卒業し、海外のコンクールで優秀な成績を収めたこともありました。しかも世間の認知度が高く、定期的にCDを発売しコンサートなどもやっていました。そんな音楽活動ができているのは、彼女の奏でるピアノの魅力もありましたが、なんといってもその美貌によるところが大きかったと思います。背中の大きくあいたドレスでピアノに向かうその姿は、耳から入ってくる彼女の演奏をより一層印象的にしていましたし、彼女は雑誌のグラビアに登場したり、映画やテレビドラマに出演したこともございました。

そんな彼女には、実は人に言えない重大な秘密がありました。

ピアニストとして長年指を酷使してきた彼女は、重度の腱鞘炎《けんしょうえん》に悩まされていたのでございます。腱鞘炎とは、筋肉と骨をつなぐ腱とその周りを覆っている腱鞘が炎症を起こしてしまう病気です。パソコンのキーボードを叩くことの多い人や、赤ちゃんを抱っこし過ぎたママが、腱鞘炎になってしまうこともあるそうです。

そんな腱鞘炎を、マッサージで治療することも可能です。

私は親指と人差し指の間にある「合谷《ごうこく》」と、親指の内側にある「魚際《ぎょさい》」の二つのツボを刺激しました。最初は痛がっていましたが、徐々に彼女の腱鞘炎は快方に向かい、その後数ヵ月で完治してしまいました。

すっかり私の能力を認めてくれた彼女は、似たような症状がある人物に、私の施術を受けるように勧めたようでした。

その人物は彼女の恋人で、現役のお医者さまでした。

彼は慶進大学病院に勤務し、心臓外科手術の第一線で治療を行っていました。まだ三〇歳そこそこだったにもかかわらず、その分野の権威と呼ばれていて、政財界の重鎮や大物芸能人などが、彼の手術の順番待ちをしている状態でした。

そんな彼の体を初めて施術した時、私はその体の微妙な症状が気になりました。私が彼の指の部分をマッサージすると、その筋肉が不規則に震えるのです。最初は私にもその原因が分かりませんでしたが、様々な施術を行った結果、私はその原因を突きとめることができました。

先生は、イップスという言葉をご存じでしょうか。

好投をしていたプロ野球のピッチャーが、突然ストライクが入らなくなる。プロゴルファーが簡単なパットを外してしまう。そんな一流選手にはあり得ないようなミスを連発し、最悪の場合現役引退に追い込まれてしまう。そんな精神的な原因により、突然自分の思うような動作ができなくなる症状をイップスと呼びます。

このイップスという症状は、実は外科医にも起こるのです。

メスを握る手が、突然震えはじめて手術ができなくなる。外科医、特に彼のような心臓外科医の場合、それは患者の命に直結します。

一流のスポーツ選手や外科医がなぜイップスになってしまうかというと、それは潜在意識に問題があるのです。意識には顕在意識と潜在意識の二種類があるそうで、ストライクを取ろう、普段通りにパットを決めよう、メスを思い通りに動かそうと顕在意識で思っていても、潜在意識では失敗したら大変だと思っていたりするのでございます。人は常に自分の意思で行動していると思っていますが、脳の中では顕在意識は一割しかなく、残りの九割は潜在意識なのだそうです。

自分では上手くやろうと思っていても、そうなるとなかなか思うように指は動いてくれません。なぜならば、真面目な人ほどイップスになりやすいからです。イップスから立ち直ろうともがけばもがくほど症状は悪化し、鬱状態になってしまいます。そして引退を余儀なくされたり、最悪のケースとしては自殺してしまう人もいるんです。

その一方で、鬱状態になってしまったイップス患者の治療は単純でもあります。その鬱状態をケアしてあげればいいだけなのです。薬でも催眠でも鍼灸でも鬱状態を治すことはできますが、難しいのは人によってその治療法が異なるところでございます。鬱の治療はそこが難しく、特に西洋医学は薬による副作用が心配です。

私は今まで、鬱もマッサージによって治して参りました。

鬱に効くツボは、「神門《しんもん》」「内関」「百会《ひゃくえ》」「天柱《てんちゅう》」「身柱《しんちゅう》」「命門《めいもん》」「足三里《あしさんり》」「光明《こうめい》」

「太衝《たいしょう》」などがございます。ツボはその全部を押せばいいというわけではなく、その人のその時のその症状によって、重点的に刺激しなければならないツボが変化します。お医者様の彼の治療法は、私が経験した中でも最高に難しいものでございました。イップスが精神的なものであり、しかもその症状が微妙な指の動きなので、施術が上手く行っているのかが今一つわかりませんでした。

そこで私は発想を変え、彼の脈拍、血圧、血流やリンパの流れを計測し、もっとも彼がリラックスするためには、どこのツボを開けばいいかを探りました。試行錯誤を繰り返しながらも、遂に私は彼に最も効果があるツボとその開き方を発見しました。その施術方法を見出してからは、彼の症状は徐々に快方に向かい、再びメスを握れるまでに回復しました。

外科医の彼はすっかり自信を取り戻し、ピアニストの恋人にプロポーズをしました。彼女が鬱状態の自分を励まし続けていたことが、自分のイップスが治った原因だと思っていたからだそうです。

その後二人は、青山のお洒落なチャペルで結婚式を挙げました。

私はその晴れやかな場に迎えられることもなく、しかも彼は私の施術でイップスが治ったとは思わなかったのでしょう。私は二人の新居に招かれることはありませんでした。

その後私は再び拠点を変えて、今は湾岸エリアにあるタワーマンションに住む夫婦の部屋で施術を行っています。

その夫婦には、一つの悩みごとがございました。

結婚三年目のその夫婦の間には、まだ子供がいませんでした。三年目で子供ができないなどということは、とりわけ珍しいことではありませんが、夫と妻は年齢が十歳離れていて、また妻も三五歳となりいよいよ真剣に妊活をしなければならない時期でした。

そもそもこの夫婦、新婚当時こそ子作りに励みましたが、夫の方は年齢的なこともあり、どんどんその行為に及ぶことが少なくなっていたのです。しかも夫は夫婦生活に対して非常に淡白で、妻は夫との行為で快楽を得たことは一度もありませんでした。

それを知った私は、かつて女性アナウンサーとプロ野球選手に行ったように、「八髎穴」「三陰交」「腎兪」「衝門」などの性欲を増進させるツボを、マッサージしました。

彼女は私の施術を大いに満足してくれました。しかし肝心の夫の方は、日々の忙しさもあり、なかなか私の施術を受けてくれません。

子供ができないのは、どちらかに肉体的な原因があるのかもしれないと妻は考えました。そしてさっそく病院で検査をしてもらい、妻には子供を授かる能力が十分にあることがわかりました。そして彼女は、何度か夫にも検査してもらうように頼みましたが、夫はそれを断固として拒みました。

「そこまでして、子供が欲しいとは思わない」

夫ははっきりとそう口にしました。

しかし本当は、自分に不妊の原因があることを恐れたのです。堅物というか小心者の夫は、その後夫婦間で一切そのことを口にすることを許しませんでした。妻は落胆しましたが、それならば仕事に打ち込もうと思いました。

彼女は小説を書くことを仕事としていて、結構人気もあるようでした。

しかし彼女は、作家として大きな悩みを抱えていました。デビュー当時はアイデアも豊富で小説のテーマに事欠かなかったようですが、最近はスランプなのかあまりいいアイデアが浮かばなくなっていました。彼女は夫が床につくと、布団を抜け出し夜遅くまで、睡眠時間を削りながらも机に向かいました。朝夕などの夫がいる時間帯は家事に専念していましたので、どうしても集中できるのは深夜ということになります。

しかし斬新なアイデアを思いつくためには、質のいい睡眠が不可欠なことを彼女は知らなかったようなのです。

『眠りはこの世でもっとも滋養になる饗宴』

先生は、シェイクスピアが睡眠をとても重要視していたことをご存じでしょうか。また彼以外にも、寝ている間にいいアイデアが浮かぶ、重要なヒントとなる夢を見る。そのような偉人たちのエピソードは、枚挙にいとまがございません。

ポール・マッカートニーは、夢の中であの名曲「イエスタデイ」を作曲しました。夢の中で素晴らしいメロディを耳にしたポールは、どこかで聴いた曲だと思い、その曲を録音して誰の曲なのか訊いて回りました。どんなに音楽に詳しい人に尋ねても、それに答えられなかったので、ポールはやっと自分の曲として「イエスタデイ」を発表したのだそうです。同様なことは他にもあって、アインシュタインは青年期に見た夢で相対性理論のヒントを思いつき、Ｇｏｏｇｌｅの創業者の一人であるラリー・ペイジも、検索エンジンのヒントを自分が見た夢から得たと言われています。

私はかつて女性アナウンサーに施術したように、作家の彼女にも「労宮」「失眠」「内関」などの睡眠のためのツボを刺激しました。これはとてもうまく行き、私の施術がはじまると、彼女はすぐに深い睡眠に陥るようになりました。これにはある程度の効果があり、彼女の筆も進むようにはなりましたが、残念ながら根本的な問題の解決にはなりませんでした。

実はその彼女には、誰も知らない秘密があったのです。

彼女が大学生の時に初めて書いた小説は、自殺してしまった親友の遺書から着想を得たものでした。実はその親友も小説家を志望していて、同じ夢を持っていた二人は出会った当初から意気投合しました。その親友は付き合っていた恋人を別の女に略奪されて自殺してしまったのですが、その略奪した女が、今や美人作家として名を馳せている彼女だったのでございます。

親友に恋人を奪われるその心情描写はとてもリアルで、青春の苦悩と絶望が見事に表現されていました。初めて私がそれを読んだ時、それは小説ではなくて本当に遺書に書かれていたことを、そのまま書き写したのではと思ったぐらいです。

彼女はその作品を憧れの作家に読んでもらおうと出版社に送りました。その作品が編集者の目に留まり、やがてデビューに繋がります。

その担当編集者は優秀な男性で、彼女を公私ともにプロデュースしました。

田舎の文学少女で野暮ったかった彼女が、みるみるうちにきれいで洗練された大人の女性になったのは、全てその編集者の手腕によるものでした。それはプライベートにも及び、まだ男性を知らなかった彼女を大人の女にしたのもその編集者でした。

もちろん編集者としての仕事も見事でした。まだ拙《つたな》かった文章に何度も修正を加え、彼女ならではの文体を作り上げました。さらにストーリーに起伏がなかったため、伏線や場合によってはエンディングまで、彼のアドバイスに従って物語を書き直しました。キャラクターも同様で、ステレオタイプだった登場人物を彼のアドバイスで魅力的にさせました。

そうです。

彼女は小説家というよりは、その編集者のライティングマシーンのような存在で、彼女の書く小説の根幹は、その編集者がすべて作っていたのです。

じゃあその編集者が小説を書いてしまえばいいと思うかもしれませんが、小説という商品はそんな簡単なものではありません。美貌の現役女子大生が書いたからこそ、その作品が注目され、さらには文学賞レースでも有利に働くことは、出版関係者でなくともおわかりでしょう。その後二人がタッグを組んだ作品は出すたびに増刷を重ね、大きな話題と莫大な利益をもたらしました。

ならばその二人が結婚してしまえばいいのにと思うところですが、その編集者には既に妻子がいたのでございます。ベストセラーを連発する彼女には、他の出版社からの執筆の誘いが絶えませんでした。ある大手出版社はイケメンの担当をつけて、彼女を露骨に誘惑させたこともあったほどです。

そこで担当編集者は一計を案じます。

自社の雑誌で彼女の対談企画を作り、結婚相手に相応《ふさわ》しい独身の知的な人物を次々と引き合わせました。彼女はその中の一人の大学教授を気に入り、彼の目論見《もくろみ》通りにその相手と結婚することとなりました。しかしそれは仮面夫婦そのもので、相変わらずその編集者と彼女の関係は続いていたのです。

施術をしていて、私はそれでいいのかと悩みました。

このままだと、彼女は永遠にその編集者の呪縛から逃れられません。しかしその一方で、今の夫と幸せな家庭生活を営めるとも思えませんでした。

私がこんな気持ちになったのは久しぶりでした。

かつて女性アナウンサーを施術していた時も似たような感情になりましたが、今回はより強く不思議な気分になりました。今まで色んな人をマッサージしてきたのに、なぜその女性にだけそんなことを思うのか。最初は自分のその気持ちが理解できませんでした。しかし色々な書物を読むうちに、自分のこの感情が朧気《おぼろげ》ながら理解できたような気がしました。

私は彼女に、恋をしてしまったのです。

彼女をマッサージする時には、体温、脈拍、血流、リンパ、そして全身の筋肉の状態を確かめながら、最高に気持ちいいマッサージを心掛けました。すると彼女も全幅の信頼をもって私に身を委ねてくれるようになりました。

「うーん、気持ちいい。あいつとセックスするより、あなたのマッサージの方がよっぽどいいわ」

そんな彼女の言葉を耳にした時、私は震えんばかりの幸福感を味わいました。私は施術をするうちに、彼女と体を合わせるような感覚を持つようになりました。そして彼女も、同様の感覚を共有してくれていたのです。それは人間の男女の営みから得られる快感を、上回っていたと言うのです。

やがて私の中に、この切なる気持ちを相手に伝えたいという願望が芽生えました。そして私の存在を知っていただき、私こそが彼女の本当の幸せを願っている唯一の存在であることを知っていただきたかったのです。

もはや勘のいい美子先生にはお分かりかと思いますが、その女性とは先生のことでございます。そして私は、いつも先生が身を委ねてくださっているＡＩ付きのマッサージチェアなのでございます。

小説を読み終えた後に、美子は隣のリビングルームへ移動する。

そこに黒いマッサージチェアが置かれていた。

美子は注意深くそれを眺めて、さらにその周りをぐるりと一周して見てまわるが、特に目立った破損や汚れはなく、ましてや何かが細工されたような形跡は見当たらなかった。

美子の白い手が人工皮革の表面をそっと触る。しかしマッサージチェアは、ピクリとも反応しない。美子はマッサージチェアを強く押したが、重い機械はわずかに動いただけだった。

美子は意を決して、そこに座り電源を入れる。そして背もたれに身を任せて、タブレット画面をタッチする。

「全身の状態をチェックします」

いつもの男性の声がした。

両足をスキーブーツのようなユニットに突っ込み、腕もユニットに入れてしまうと、もはや両手両足は動かせない。背もたれが倒れると同時に、ヘッドユニットが下りてきて視界を奪われる。アジャストセンサーが作動して全身を測定しはじめるが、一体何を調べているのか疑問が浮かぶ。

「脈拍数が高く、血圧もちょっと高いですね」

実際に美子の心臓は高鳴っていた。

あの小説に書かれていたことで、美子に関する部分は全て真実だった。どうしてそんなことが、ばれてしまったのか。あの秘密は自分と担当編集者以外は知らないはずだ。もしもそれが暴露されたら身の破滅だ。平穏な生活も作家としての名声も、一瞬にして消失する。それどころかマスコミに面白おかしく書かれて、ネットで誹《ひ》謗《ぼう》中傷のメッセージが飛びかうことだろう。

「全身のチェックが終了しました。マッサージ時間を指定してください」

あの小説を、このまま新人賞に応募されたら大変なことになる。あのメールの送り主は、だからこそ自分にあれを送りつけてきたのだろう。

「マッサージ時間を指定してください」

誰かの空想だけで、あんなことを書けるはずがない。一体どこで自分の秘密を知られてしまったのか。

「マッサージ時間を指定してください」

まさか本当に、このマッサージチェアがあの文章を書いたのだろうか。確かにここで耳を立てていれば、部屋での会話は全て筒抜けのはずだ。

ＡＩはいつの間に、そこまで進化してしまったのだろうか。

シンギュラリティという言葉があった。

人工知能が指数関数的に進歩して、人間よりも高い知能を生み出す時点を表す言葉で、そうなった途端に人間が想像もしていなかったような劇的な変化が起こる。二一世紀の前半に来ると予想されていたが、それは一体いつだっただろうか。

「マッサージ時間を指定してください」

「ねえ、あの小説は本当にあなたが書いたの」


壇上に上がると、カメラのフラッシュが一斉に瞬いた。

「早川彩羽《はやかわいろは》さん。この度は受賞おめでとうございます」

金屛風の前で楚々とした美人が恭《うやうや》しく頭を下げると、長い黒髪が大きく揺れる。

日本で一番有名な文学新人賞の授賞式が、都内のホテルで行われていた。受賞者が美人の現役女子大生だったこともあったが、それ以上にこの作品の創作手法が話題となって、例年の倍以上のマスコミが取材に集まっていた。

「こんなに素晴らしい賞を頂けるとは思っていなかったので、受賞の知らせを聞いた時は本当に驚きました。今後はこの賞の名に恥じることのないように、なお一層の努力と精進を重ねてまいりたいと思います」

黒髪を掻き上げながら彩羽が言うと、会場から大きな拍手が巻き起こる。

「江戸川乱歩の名作に着想を得て、それを現代的に書きかえるというアイデアは、どこで思い付かれたのですか」

ピンクのワンピースを着た司会者がマイクを向ける。

「自宅のマッサージチェアで寝ていたら、そんな夢を見たんです。本作中にも触れましたが、本当に睡眠というのは創作活動の源ですね」

白いワンピースの胸には、大きな赤いリボンがつけられている。賞金一〇〇〇万円の目録と、小さな体には大き過ぎる花束を抱えていた。

「本作品はＡＩの恋がテーマですが、彩羽さんは大学で人工知能を研究されていらっしゃるそうですね」

現役女子大生作家は今までも何人かいたが、理系に在籍しているのは珍しかった。

「そうです。この作品も、ＡＩを活用して書いたものです」

彩羽の通う大学はＡＩ研究の最先端で、彼女はＡＩによる小説の執筆を研究していた。

「それでは今後、小説を書くＡＩも発明されると思いますか」

「既に二〇一〇年代に某文学新人賞で、ＡＩが書いた小説が発表されています。人間の小説家もうかうかしていると、ＡＩたちにあっという間に職を奪われてしまうかもしれませんね」

音楽の世界では、ＡＩによる作曲は実際に行われていた。囲碁や将棋はもう何年も前から、人間はＡＩに敵《かな》わなかった。

「そもそもこの作品だって、全部ＡＩが書いたものかもしれませんよ」

彩羽がにっこり微笑むと、会場からどっと笑いが起こった。

「それではいつかこの小説のように、ＡＩが人を恋するような時代が来ると思いますか」

壇上の司会者がそう訊ねる。

「私はそのような感情を持ったＡＩは、既に誕生していると思っています。犬や猫に心があるならば、ＡＩは人間の言葉を理解できますから、そんな感情が芽生えても何ら不思議はありません」

彩羽のその言葉に、会場からは驚きとも嘆きとも取れるどよめきが起こった。

「それでは審査員の白石美子先生にも、一言いただきたいと思います。白石先生は本作品を、強く大賞に推《お》されたとお聞きしましたが」

肩が露出した赤いドレス姿の美子に、司会者がマイクを向ける。

「はい、その通りです。その着想の素晴らしさ、新人とは思えない文章の巧みさ、そして何よりも彼女の将来性に期待して、大賞に推させていただきました。さらに書籍化に向けて、いくつかのアドバイスをさせていただきましたし、今後も彩羽さんがより活躍できるように、全面的にサポートしていきたいと思っています。彩羽さん、是非、頑張ってくださいね」

早口に美子はそう言うと、クールビューティーな笑顔を見せる。

「白石先生、本当に有難うございます」

尊敬する作家に励まされて、彩羽は何度も何度も頭を下げる。

「白石先生、有難うございました。そして早川彩羽さん、本日は誠におめでとうございました。今後のご活躍をお祈りします」

「どうも有難うございます」

彩羽が深々と頭を下げると大きな拍手が沸き起こった。花束を片手に壇上から降りると、黒いスーツ姿の男が近寄って来る。

「彩羽さん。いや早川先生、この度は誠におめでとうございました」

美子の担当編集者の井手だった。井手の出版社がこの新人賞の事実上の主催者だったので、この授賞式も実質的には彼の手によって取り仕切られていた。

「有難うございます」

「賞金は近日中に口座に入金させていただきます。ですからくれぐれも、例の件はよろしくお願いします」

井手は小さな声でそう囁《ささや》く。

「わかっています。既にもう白石先生のお部屋のハッキングはしていませんから、安心してください」

いくらＡＩが進化したといっても、マッサージチェアが恋をするはずがない。ましてやそのＡＩが小説を書いて送ってくることなどあり得ない。

彩羽は人工知能の研究者としてはまだ半人前だったが、一流のハッキング能力の持ち主だった。

あの奇妙な小説は、彩羽が有名人のＩｏＴ家電をハッキングし、そこで知りえたことをもとに書かれたものだった。彩羽はセキュリティが弱いマッサージチェアにハッキングをかけて、そのマイクとカメラを乗っ取った。そこで彩羽は、白石美子のデビュー以来の創作の秘密や、井手との不倫関係を知るところとなった。

彩羽は口止めの見返りとして、美子が審査員を務める新人賞でこの自分の作品を強く推すことを要求した。それを拒否するならば、ライバル誌の新人賞にこの作品を応募すると脅すことも忘れなかった。もちろんその新人賞のキーマンである井手にも、同じ要求を伝えていた。

彩羽のハッキングは違法行為だが、そこに書かれていることは真実だったので、美子と井手は警察に届け出るわけにはいかなかった。

事件化してスキャンダルになるのを恐れた二人は、彩羽の要求を呑むという苦渋の選択をした。作品中のプライバシーに抵触する部分を修正し、さらに小説の内容を美子なりにアレンジしたものを、彩羽の作品として新人賞に応募した。

予備選考は井手が手を回して通過させた。しかし最終選考は他の作家も入り、一切の忖度《そんたく》なしで選ぶのでどうなることかと思ったが、美子が強く推すと他の審査員の反対もなくあっさり大賞を受賞してしまった。その作風と現役美人女子大生が書いたことが話題を呼び、発売前にもかかわらず書店に予約が殺到していた。

送られた小説にはタイトルがなかったため、江戸川乱歩の作品から「令和　人間椅子」と名付けられた。

令和　屋根裏の散歩者

金というものは不思議なもので、ないと人を不幸にするが、逆にあり過ぎても人を不幸せにしてしまうものかもしれない。

畠山二郎《はたやまじろう》は国立の理工系の大学を卒業し、教授の推薦で某大手家電メーカーに就職した。しかし給料が思ったより安かったことと、何よりも会社の仕事に全く面白みを感じられなかったので、入社してからたったの一週間で辞めてしまった。

二郎はコンピューターをいじるのが大好きで、会社を辞めてからはハッカーの真似事のようなことをして小金を稼いでいたが、ある仮想通貨取引所のシステムの脆弱《ぜいじやく》性に気付いた。そして違法な手法ではあったが、たった一日で生涯年収をはるかに凌《しの》ぐ大金を稼いでしまった。

そしてその金で山手線の内側にマンションを一棟丸ごと購入し、そこから上がる家賃収入でＦＩＲＥのような悠々自適な生活を送るようになった。三〇代前半という若さで経済的な自由を手に入れた二郎は、残りの人生をどう楽しむべきか考えた。まずは世界一周旅行をしてみたが、外国語が得意でなかったせいかあまり楽しめなかった。国内ならと思い、全国津々浦々の観光名所を訪ねてみたが、旅先で出くわすのは老人ばかりでやはり二郎にとっては今ひとつだった。

グルメ道を究めようとしたこともあった。フレンチ、中華、イタリアンなど、有名な高級レストランで食事をしてみた。初めて食べた時は涙を流さんばかりに感動したが、舌が慣れてしまえばどうということはなく、チェーン店の牛丼や街のラーメン屋の方がよほど美味しいような気がしてしまった。

名門ゴルフクラブにも入会してみた。しかし名門クラブだからといってスコアが良くなるわけでもない。高級スポーツカーを乗り回してみても、移動するならタクシーの方が便利だった。カジノ、競馬、競輪、パチンコと、ギャンブルに大金を突っ込んだこともあったが、大穴を当てた感動よりも、胴元に高い手数料を毟《むし》られることの不愉快さが勝ってしまう。

そもそも男一人でそんな遊びをしているのが良くないと思った。しかし二郎は人付き合いが苦手だったので、今までも親友と呼べるような存在はいなかった。さらに若隠居のような状態になっていたので、どうしても同世代の男たちとは話が合わない。

しかし若い女ならば違うかもしれない。

二郎は高級クラブやキャバクラにも通ってみた。そこで出会った美しい女たちに、目と心を奪われた。肥満気味でどちらかといえばブサイクだったので、最初はまともに会話を交わすこともできなかった。しかしそういう店では、景気よく金を使えばとことんモテることがわかった。そして二郎は店でモテまくった。中には結婚を迫る女まで現れたが、やっぱりここでも高級レストランで感じたような虚しさを覚えてしまった。

プライスレス。

簡単に金で買えてしまうものは、徐々に慣れて最後は飽きる。二郎はもっと非予定調和なわくわくする体験が欲しかった。

二郎は金では買えない体験を渇望していた。

やがて二郎はすっかりマンションの一室に閉じ籠るようになってしまい、気が付けば四〇代の冴えない独身中年男になっていた。何をやっても砂を嚙むようで面白くなく、退屈で死にそうになった。あまりに面白くないので、自殺をすることも考えた。実際にホームセンターで練炭とコンロを購入し、強めの睡眠薬も手に入れた。それを飲んで練炭に火を付ければ、一酸化炭素中毒で確実に死ねるはずだ。

それは間違いなく、金では買えない体験になるだろう。

一

「駅から近くてオシャレなマンションだし、セキュリティもしっかりしていそうだし、私はとても気に入りました」

駅前のコーヒーチェーン店で、二郎は一ノ瀬《いちのせ》透子《とうこ》と初めて会った。上京したばかりの一八歳なのでメイクに派手さはなく、爪が綺麗に切り揃えられていて、淡いピンクのセーターに紺のスリムのジーンズという控えめのファッションに好感が持てた。そしてなによりピンと背筋が伸びていて姿勢が良く、言葉遣いや相手の目をしっかり見ながら話すところに育ちの良さを感じさせた。

「でも四〇一号室は角部屋で好条件のお部屋なのに、どうしてずっと空いているのでしょうか」

透子は、長くて潤いのある黒髪を白い指でかき上げながらそう訊ねた。

「実はあの部屋は事故物件なのです」

二郎は周囲を窺《うかが》いながら、声を潜めてそう言った。

「じゃあ、あの部屋で誰かが亡くなったってことですか?」

透子が眉間《みけん》に皺《しわ》を寄せてそう訊ねたので、二郎も同じように眉間に皺を寄せてゆっくりと首を縦にふった。

「昨年、あの部屋である男性が自殺しましてね」

今の法律では事故物件だと知らせないで賃貸契約を結ぶと、心理的瑕疵《かし》にあたり、契約解除や損害賠償の契約不適合責任を問われてしまう。ちなみに心理的瑕疵とは、このような事故物件以外に、暴力団やカルト宗教などの反社会的勢力の拠点があったりした場合も同様だった。

「パトカーや救急車がたくさん駆けつけて、それなりの騒ぎになってしまいましてね。それ以来あの部屋はずっと空室のままなのです」

皮肉なことに、二郎が死のうと思っていたマンションの一室で自殺者が出た。

「部屋の中で首を吊って死んでいたのを、私が発見してしまったんです」

「そうだったんですか。オーナーさんも大変ですね」

その住人は何かと問題の多い人物で、反社会的勢力と繋がりがあるという噂すらあった。そんな人は入居の際にお断りするのが普通だが、不動産会社も騙されてしまい、退去するならば多額の引っ越し費用を払えと脅されていた。

「事故物件はこういう仕事をしていれば少なからずありますから、今回は運が悪かったと諦めるしかありません」

顔を顰《しか》めながらそうは言ったが、二郎の本音は違っていた。

退屈過ぎて自殺しようかと思っていたぐらいだったので、四〇一号室の自殺騒動は予想もできない事態の連続でとても面白かった。警察の事情聴取でアリバイを訊かれた時は、まるでドラマの登場人物になったような気分だった。

「透子さんは、あのマンションのどういうところが気に入ったのですか?」

その後事故物件だと知りながら、その部屋に入居してくれる人を探すのは大変だった。不動産仲介業者からは、事故物件の四〇一号室の家賃を思い切って下げることを提案されていた。

「大学から近いのが魅力的だったんですが、家賃がとても高かったので手が届かないと思ったんです」

透子はマンションの近くにある難関私立大学の新入生だった。

「だけど不動産屋さんに、あのマンションに興味があるなら一度オーナーさんと話をするようにアドバイスをされたのです。部屋によっては、家賃が下がるかもしれないとお聞きしたので」

通常入居希望者との交渉は不動産仲介業者がやってくれるので、二郎が話したこともない人がマンションにたくさん住んでいた。しかし事故物件の四〇一号室は、二郎が直接会うことに決めていて、入居希望者がいたら直接自分で交渉したいと業者に伝えてあった。

「そういう事情なので、四〇一号室ならば家賃の方はご相談に乗れると思います。しかしさすがに自分が寝起きする部屋で、人が死んでいたというのは気持ち悪いですよね？」

透子はため息を吐きながら小さく首を縦に振った。

「気持ち悪くないと言えば嘘になりますが、私は結構合理的な考えの持ち主なので、それほど気にならないかもしれません」

透子はそう言ったが、無理をしているようにも見える。

「そうですか。ちなみに透子さんは、霊感が強かったりしますか？」

二郎は真顔でそう訊ねる。

可愛らしい一八歳の女の子を、ちょっと脅かしてやりたい気分になった。

「まさか、その部屋で幽霊が出たりするのですか？」

それまでは落ち着いて話していた透子だが、この時ばかりは目を丸くして怯《おび》えたような表情を見せた。気丈にふるまってはいるが、彼女は上京したての一八歳の女の子なのだ。

「いや、そんなことはありませんが、念のため聞いてみただけです」

少なくとも二郎には霊感がなかったので、死んだ男の幽霊を見たことはなかった。

「それを聞いて安心しました。事故物件というだけならまだ大丈夫ですが、幽霊が出るとなるとさすがに住めないと思います」

透子が胸に手を当てて白い歯を見せると、艶やかな黒髪がゆらりと揺れた。仄《ほの》かに漂ういい匂いが二郎の鼻腔をくすぐり、なぜか胸が苦しくなった。

「ところで透子さんは、将来はどういうお仕事に就きたいと思っているのですか」

二郎は透子のことをもっともっと知りたくなった。それはオーナーとしての責務でもあるが、それ以上に若くて魅力的な透子に惹かれはじめていたからだろう。

「できれば得意な外国語を生かして、外資系企業や総合商社みたいな会社に就職したいと思っています。またはキャビンアテンダントになって、世界中に行ってみたいです。私、海外で仕事をするのが夢なのです」

満面の笑みで答える透子が眩しく見えた。

「透子さんは外国語がお上手なのですね。私なんか英語は全然できなかったから、本当に羨ましい限りです。全くもって素晴らしいことでございます」

クラブやキャバクラで水商売の女にモテはしたが、透子みたいな素人でクラスのアイドルのような女性を前にすると、思わず卑屈になってしまう。二回り以上も年下なのに、妙な言葉遣いになってしまう。

「私なんか帰国子女の子たちに比べたら全然です。だからまずもっと英語を勉強して、在学中にアメリカに留学したいと思っています」

透子は両手の拳を固く握る。一見お淑《しと》やかそうに見えるが、かなり芯のしっかりとした意志の強さが窺えた。

「透子さんならば、きっとその夢は叶うと思いますよ」

白い歯を見せて嬉しそうに微笑む透子の眩《まばゆ》いばかりのオーラに圧倒される。

「有難うございます」

透子が大きく頭を下げると、黒い髪の毛が大きく揺れた。

「だけど東京は物価が高くて大変です。今日もこの後、バイトの面接を受けなければならないんです」

透子の実家は母子家庭で、バイトと奨学金で東京でのこれからの生活を凌がなければならないらしい。莫大な財産を簡単に手にしてしまった二郎からすると、世の中は実に不公平にできていると思った。

「バイトの面接は、どんなところを受けるつもりですか？」

今どきの女子大生は、どんなバイトをするのだろうか。そんなことが気になった。そもそも二郎は、今まで一度もアルバイトをしたことがなかった。

「家庭教師か塾の講師がお金的にはいいらしいです。後は好きな喫茶店があるのでそこで働きたいと思っていますが、学校のレポートも大変でなかなかアルバイトをしている時間もありません。せめて生活費は切り詰めないといけません」

透子は軽くため息を吐いた。

「じゃあ、家賃は安ければ安いほど助かりますよね」

透子は小さく頷《うなず》いた。

二郎はすっかり透子のことを気に入ってしまった。もはやオーナーと店子《たなこ》という損得関係を超えて、一人の人間として透子を応援してあげたくなった。

「あの部屋は、いくら払えば住まわせてもらえるんですか？」

二郎は小首を傾げて考える。事故物件の家賃は、通常の半分というのが相場だった。

「なるべく安い方が、有難いのですが……」

上目遣いの透子の視線が可愛らしくて急に心臓が高鳴った。透子に特別な感情を抱き始めているのがわかった。そんな気持ちになったのは高校生の時以来だ。しかし二郎は今年で四八歳で、一八歳の透子とは親子のような年齢差だった。

今はまだ地方から上京してきたばかりだが、都会で生活するうちに透子がどんな美しい女性になるのかを見てみたいと思った。自分が寝起きする部屋の真下に透子を住まわせ、その生活ぶりをじっくり観察することは、さぞかしプライスレスな体験になることだろう。

「逆に透子さんにお訊ねしますが、あなたは家賃がいくらだったら、あの部屋に住んでもいいと思いますか？」

二

透子が提示した金額は相場の五分の一だった。つまり正規の家賃の一〇分の一という破格な値段だったが、二郎は透子との賃貸契約を結ぶことにした。

小学生の頃、学校でカイコの成長を観察したことがあった。卵から孵化した白いカイコの幼虫が、桑の葉を食べてどんどん大きくなり、やがては白い繭の中で蛹《さなぎ》となる。そして繭から成虫となったカイコが出てきた時は感動した。破格な値段で透子をこのマンションに住まわせたのは、もちろん金銭目的ではない。カイコのように成長していく透子の様子を、じっくり観察してみたかったからだ。

マンションには、いくつかの防犯カメラが取り付けられていた。

最近のカメラは極めて性能が良く、また赤外線ＬＥＤが搭載されているため、夜間でもクリアな映像が撮影できる。ゴミ置き場や駐車場、エレベーターの中には、丸いドーム型のＡＨＤカメラを設置してあり、映った人物の顔もはっきりと認識することができた。またその映像はリアルタイムで見ることもできたが、録画された映像を後からチェックすることもできる。

間違ってゴミを出した人や、住人同士のちょっとしたトラブルも、その防犯カメラの映像で公平に解決することができた。透子がゴミを捨てた時は、二郎はそのゴミを必ずチェックすることにしていた。透子は真面目な性格なのでゴミ出しのルールを破ることはなかったが、東京のゴミ捨てのルールは区によって異なり複雑なので、間違った分別をしてしまっているのを直してあげたかったからだ。

透子が入居してからは、カメラに映った映像を二郎のスマホでも見られるように設定した。そのサービスはセキュリティ会社からマンションのオーナーへ提供されていたが、今までは管理人に任せっきりで、あまりその映像を見たことはなかった。

マンションを出ていく透子の姿を、毎日確認するのが二郎の新しい日課となった。透子の一週間の行動はほぼ決まっていて、平日は朝早くから大学に行き真面目に授業を受けているようだった。学校に行くときはジーンズが多く、それにシンプルなTシャツやセーターを組み合わせることが多かった。週末でちょっとおしゃれをしている時でも、落ち着いた色合いのワンピースやフレアスカートなど、清楚な装いが多かった。二郎は防犯カメラに映った透子の映像をチェックしているうちに、そのコーディネートを全て覚えてしまった。

防犯カメラの映像は、透子のファッションチェック以外にも、意外なところで二郎の退屈を紛らわせてくれた。自分が所有するマンションには様々な人物が住んでいて、カメラの映像をくまなくチェックすれば、住人の生活ぶりがそれとなくわかってきた。

特に面白いのは、金曜日の夜だった。

マンションには単身者しか住んでいなかったので、週末の行動でその人物の異性関係が明らかになる。しかも二郎の手元には、賃貸契約を結んだ時の彼らの個人情報があるので、あれこれ推理して楽しむことができた。

三〇三号室に住むＯＬは週末に必ず恋人が訪ねてきて、日曜日の午後まで一緒に過ごしていた。年齢的にも良い頃なので、二人の結婚は近いかもしれない。そうなると近々このマンションは出ていくことになるから、新たな住人を探さなければならないだろう。

二〇二号室には派遣会社勤務の女性が住んでいた。しかし今では午後から出掛けて深夜遅くに帰ってくるようになった。どうやら昼間の仕事は辞めてしまったようで、夜の仕事をしているようだ。しかも連れ込んで来る男が複数いるので、きっと水商売をしているのではと二郎は思っていた。

四〇五号室と五〇二号室の住人は、週末は必ず部屋をあけていた。きっと彼らはその時間を恋人の家で過ごしているのだろう。

いつの日か、透子が恋人をこのマンションに連れ込むのを防犯カメラが捕える日が来てしまうかもしれない。それに気付いてしまった二郎は、透子をこのマンションに住まわせたことを少しだけ後悔した。もしもそうなった場合、自分は一体どうなってしまうのだろう。

透子をいきなり追い出してしまうか。それとも恋人の素性を暴き出し、別れるように仕向けるか。しかし何よりも、まず透子が部屋の中で恋人と行っていることを、確認したいと思うだろう。

三

二郎はマンションの五〇一号室に住んでいた。

自殺してしまった四〇一号室の住人から、上の階の五〇一号室の生活音が五月蠅《うるさ》過ぎるとのクレームがあった。当時五〇一号室には元気な男の子が二人も住んでいたので確かに五月蠅かったかもしれず、二郎は五〇一号室の住人と自分の部屋を交換した。

あの時は下の階に要注意人物がいると思うと、落ち着いた気持ちがしなかったが、今は床を隔てた真下に透子が住んでいる。思わず床に耳を押し付けて何か物音が聞こえないかと思ったが、防音がしっかりしているので下から物音が聞こえるはずがなかった。

透子は、下の部屋で何をしているのだろうか。部屋の前を行き来しても、ベランダから身を乗り出しても、もちろん透子の部屋を覗《のぞ》くことはできない。

二郎はＷｉ－Ｆｉを利用することを思いついた。

貧乏学生の透子は、自分専用のＷｉ－Ｆｉなどは持っていない。外出先のコーヒーチエーン店などで無料のＷｉ－Ｆｉが使えるように、スマホのＷｉ－Ｆｉ設定をオンにしたままにしておくと、勝手に近くのＷｉ－Ｆｉに繋がってしまうことがあった。二郎は個人用のＷｉ－Ｆｉにマンション名を付けて、敢えてパスワードは設定せずに野良Ｗｉ－Ｆｉ状態にして放置した。

やがて透子が帰宅し、彼女のスマホが野良Ｗｉ－Ｆｉに繋がるまで五分とかからなかった。そうなると透子がスマホで見ているものを、二郎のスマホでも好きなようにチェックすることができた。多少の罪悪感はあったが、スマホを覗くだけなら透子に迷惑はかからないし、野良Ｗｉ－Ｆｉに繋がってしまったスマホの中身を覗くことは、刑罰には問われないはずだと思っていた。

透子のスマホをチェックすることが、二郎の新たな趣味となった。

海外に留学したいと言っていただけに、英語関係のアプリがいくつかあった。カメラアプリと写真加工アプリもいくつかインストールされていて、それでインスタグラムなどに写真をアップしていた。またユーチューブを見るのが趣味のようで、お気に入りのユーチューバーの動画を繰り返し見ていた。中にはヘルスケアのアプリもあって、それを見ると透子の一日の移動距離がわかった。ファーストフードやファミレスのアプリもあり、まめにクーポンを利用しているようだった。

何といっても面白かったのが、友達とのＳＮＳのやり取りだった。

《透子。レポート書けた？》

《全然》
《美味しいカレー屋さんを見つけたんだけど》
《まじ！　カレー大好き。今度連れてって！》
友人との短いやり取りから、透子の日常が見えてきてとても興味深かった。
《今度の日曜日、映画とかどうですか？》
しかし気になるのは、やはり男性とのやり取りだった。
《新宿に美味しいカレー屋さんを見つけたんですが、今度食べに行きませんか？》
《偶然チケットが手に入ったんで、一緒にコンサートに行きませんか？》
透子は予想した通り、男性から頻繁に誘われていた。
《あなたに一目惚れをしてしまいました》
《好きです。僕と付き合って下さい》
遂に透子がこのマンションに恋人を連れてくる日が来るのだろうか。二郎は胸が締め付けられる思いがした。
《ごめんなさい。毎日が忙しすぎて、今はちょっとそんな気分になれません》
しかし不思議なことに、透子に男性と付き合う気配がなかったので、二郎は胸を撫でおろしていた。
《透子ちゃん。来週のサークルの飲み会いくよね？》
《その日は、バイトのシフトが入っていて無理っぽい。みんなによろしく》

透子がマンションを出ていく時間は決まっていたが、帰ってくる時間はまちまちだった。最近では深夜に帰ってくることも多く、二郎はそれが心配になっていた。

四

透子のスマホを覗けるようになると、人間の欲望というのは恐ろしいもので、今度は透子の部屋を覗けないものかと考えるようになった。何しろ床を隔てた部屋の真下に、あの透子が寝起きしているのだ。

しかし仮に床にのぞき穴を開けても、下の階の天井裏が見えるだけなのは、マンションの図面を見たことのある二郎にはわかっていた。

江戸川乱歩の『屋根裏の散歩者』では、他の部屋の住人の生活を覗くために、押入れの中の点検口から屋根裏に上るという描写があったが、令和時代のマンションにも似たような点検口が存在していた。

二郎は押入れの天井に、四角い点検口があることを発見した。その点検口は下から開けられるようになっていて、天井裏を見ることができた。天井裏には電気配線や換気扇のダクトなどがあり、電気回線や配管などが故障した時に、壁や天井に穴を開けるわけにはいかないので、その点検口が事前に作られていたのだった。しかしさすがにマンションは部屋ごとに天井裏が仕切られていて、『屋根裏の散歩者』のように隣の部屋の天井に移動することはできなかった。

隣の部屋に移動することはできなくとも、透子の住む真下の部屋にならば、行けるのではないか。

二郎はユニットバスの天井にも、点検口があるのを発見した。その点検口はプラスチックの蓋のようなもので塞がれていたが、取り外すことができ、押入れの天井の点検口と同じように、人がすっぽりと入れるような空間があった。そこにもやはり電気の配線があり、何か不具合があった時にそこで修理できるようになっていた。また換気扇で吸い上げられた湯気が、そこを通って排気口へと流れる構造になっていた。

ユニットバスは強化プラスチックのような素材でできているが、コンクリートではないので穴を開けることは可能だった。そうすれば階下のユニットバスの天井裏に行けるはずで、点検口の隙間などから透子が入浴している様子を覗くことができるはずだ。

二郎はこの計画に夢中になった。

ネットで調べると、実は同じようなことを考えた人物がいたようで、ストーカーと化した男が実際に風呂の床に穴を開けて階下の女性の部屋に侵入した事件の記事を発見した。その男は日曜大工程度の器具で、数日間でユニットバスに穴を開け、階下の女性の部屋への侵入に成功していた。

二郎は透子の外出中に、自分の部屋の浴室の床に電気ノコギリの刃を当ててみた。騒音で住民から苦情が来ることを恐れたが、マンションの防音対策がしっかりしていたおかげで、一時間ほどの作業で浴室の床に人が通れるぐらいの穴を開けることができた。

穴の先は透子の住む四〇一号室の浴室の天井で、そこに透子の部屋の浴室に通じる点検口を発見した。その点検口は施錠されていて、上の部屋の二郎の側から開けることはできなかったが、そこにドリルでのぞき穴を開けてみた。

その日の夜、透子が帰宅するのを防犯カメラの映像で確認すると、二郎はすぐに浴室に向かい、床に開けた穴の中へと移動した。やがてのぞき穴から一筋の光が漏れてきて、透子が風呂に入るため浴室の電気を付けたのがわかった。

のぞき穴に目を合わせると、湯気の向こうに一糸纏《まと》わぬ透子の美しい体があった。透子は簡単に体を洗うと、すぐにバスタブに浸かり四肢を大きく伸ばしてリラックスしていた。

その美しさは二郎の想像以上のものだった。二十歳前のその体は若さに溢れていて無駄な肉が一切なかった。手足は長くウエストが締まり肌も透き通るように白かった。また膨らみ切ってはいない乳房は若さを誇るように上を向き、両足のつけ根の漆黒の部分が意外と濃くて、それが妙に二郎を欲情させた。

プライスレス。

仮想通貨で大儲けして以来、何もかもがつまらなくなった二郎だが、遂にカネでは買えない感動を味わうことができた。

透子は湯船から上がり、シャワーを浴び始めた。その様子がよく見えるようにと、二郎が姿勢を変えようとしたら、床が軋み大きい音がしてしまった。透子はシャワーを浴びていた手を止めて天井を見上げたので、一瞬見つかってしまったのではと心臓が止まる思いがした。しかし直後に何事もなかったように、透子がシャワーを浴び続けたので、二郎はほっと胸を撫でおろした。

やがて透子が浴室を出ると浴室の電気が消えた。同時に換気扇が回り出し、二郎のいる天井裏のスペースに生暖かい空気が充満した。

五

透子を浴室の天井裏から覗き見られるようになった二郎は、さらにその欲望がエスカレートした。自分がやっていることは明らかな覗きやストーカー行為で、立派な犯罪であることはわかってはいたが、透子に微塵《みじん》も気付かれていないことが二郎を大胆にさせた。どうにかして、透子の部屋に忍び込むことはできないだろうか。遂にそんなことを考え始めた。

浴室の天井の点検口さえ開けられればそれは可能となるはずだった。透子の部屋の浴室の点検口も、二郎の部屋の浴室の点検口も、同じメーカーが作った同一規格の商品だった。二郎は自分の部屋の点検口を開けて、もう一度その構造を調べてみた。しかし以前も調べたように、点検口は下から施錠する構造になっていたので、それを開けて下に降りることはできなかった。

合鍵を使って透子の留守中に部屋に忍び込み、その鍵を開けてしまうことも考えたが、二郎の脳裏にあるアイデアが閃《ひらめ》いた。

下から点検口の鍵を開けることはできなくても、上から点検口を丸ごと取り外すことならばできる。早速二郎は、点検口を固定してあったネジをドライバーで外してみた。十数ヵ所のネジを外しそっと持ち上げると、予想していた通り四角い点検口を枠ごと外すことができた。そして二郎は点検口から縄梯子《なわばしご》を透子の浴室に垂らし、遂に透子の部屋に侵入することに成功した。

今まで女性と満足に付き合ったことのない二郎にとって、一人暮らしの女性の部屋を見るのはとても興味深かった。部屋全体にいい匂いがしていて、まるで夢の国のようだった。

カーテンや布団やクッションなどは、可愛らしいデザインだった。観葉植物、鏡台と化粧道具入れ、女の子らしいぬいぐるみなどがあり、本棚には流行りの少女漫画と学校の教科書があった。

キッチンのシンクには、汚れた食器が無造作に置かれていた。冷蔵庫を開けてみると、中はがらがらで牛乳と卵、あとは調味料ぐらいしか入っていなかった。棚の上にカップ麵が大量にあるのは、買い置きをしたせいなのかと二郎は思った。

クローゼットや押入れの引き出し、洗面所そしてトイレの中まで隅々を見て回った。可愛らしい花柄のふとんにくるまって、透子のベッドで寝てみたりもした。布団からはとてもいい匂いがして、時が過ぎるのを忘れそうになった。しかしここで寝入ってしまったら、大変な惨事が起こってしまうと起き上がる。

洗面所にはピンクの透子の歯ブラシがあった。二郎はその歯ブラシを使って、自分の歯を磨いてみた。透子の使っている歯磨きの種類も分かったので、今度スーパーで買ってこようと思った。

そして押入れの引き出しから、遂に目的のものを発見した。

そこには、白やベージュ、さらには黒い下着が収納されていた。それを顔に押し付けて、思い切り匂いを堪能する。そして浴室で見た透子の肌を思い出した。

生きていて良かった。

自殺したいほど詰まらなく思えた人生が、今こんなにも満ち足りたものになるとは信じられない思いだった。

六

《祥子《しょうこ》さん、今日は体験お疲れさまでした。来週から働いてもらえそうですか》

《お客さんからの評判がなかなかいいです。祥子さん、この調子で頑張って下さい》

そんなメールを透子のＬＩＮＥで見掛けるようになった。

《祥子さん。来週は何曜日のシフトに入れますか？》

最初はただの誤送信だと思っていたが、その都度透子はスマホから返事をしていたので二郎は不思議に思った。

《蛍《ほたる》さんが急病でお休みになってしまいました。祥子さん。今からドライバーが迎えに行くので、これから出勤することはできますか？》

そのＬＩＮＥが着信した後に、透子はマンションを出て行き黒いワゴン車に乗り込んだ。二郎はこの時、「祥子」という名前の音が「透子」によく似ていることが気になった。ひょっとするとこれは、祥子という偽名を使ってアルバイトをしているのではないだろうか。そしてその偽名は源氏名で、キャバクラのような仕事ではないかという考えに至った。

しかし過去のメールを思い出すと、その仕事は夜だけではなかった。そうなると透子のアルバイト先は、日中も営業している接客業ということになる。美容関係やエステサロンなども考えられたが、車の送迎があるとなると、車で移動をするデリヘルの可能性が高い。

あの真面目で清楚な透子が、デリヘルで働いているのだろうか。

二郎は思わず頭を抱えてしまった。二郎は仮想通貨の取引で手にした大金で、風俗に入り浸ったこともあった。最初こそ楽しかったが、金で手に入る物はやはりすぐに飽きてしまって、もう何年もそういう店に行っていなかった。いくら金に困っていたとしても、透子にはそんなアルバイトは相応しくない。何とか説得して、そんな仕事は辞めさせなければならないのではないか。

しかしまずは事実の確認だった。透子はどこのどのような店で働いているのだろうか。すぐにパソコンの電源を入れて、手当たり次第に東京のデリヘル店のホームページを見て回った。

デリヘル店は東京だけでも三〇〇〇軒あった。二郎は『デリヘル嬢　祥子』と入力し検索してみた。

祥子と名乗るデリヘル嬢がずらりと表示された。

まずは顔出しをしている祥子を見たが、さすがに透子らしき女の子は見つからなかった。次にプロフィールを見て人妻やＯＬ、さらには地方のデリヘル嬢を除外していく。そもそもこういう検索で引っ掛かるのは、風俗店が紹介サイトなどに広告を出して積極的に露出している女の子の記事が上位に来てしまう。この中から目指すべき祥子を探し出すのは大変だった。

もっと簡単な方法はないだろうか。

もしも透子が本当にそんな店に入店していたとすれば、動機はなんといっても金だろう。親の援助に頼れないから、時給の安いアルバイトよりもっと大金を稼げるアルバイトを選んでしまったのは間違いない。地方から上京した透子が、どうやってそんなアルバイト先を知ったのか。大学の友達に同じようなアルバイトをしていた人でもいたのだろうか。

二郎は数週間前に、透子がスマホで求人情報を検索していたことを思い出した。その時はあまり気にしなかったが、普通のアルバイトの検索と一緒に、時給が異様に高いアルバイト先も見ていたはずだ。それがこのデリヘルの仕事に繋がったのではないだろうか。

女性専用の風俗の求人サイトを検索してみた。最大手の求人サイトにアクセスすると、『未経験でも安心』『自由時間でプライベートな時間を確保』『一週間で最大五〇万円保証』など、魅力的なキャッチコピーが表示されていた。

そこで試しに『未経験でも安心』と書かれたバナーをクリックすると、『現役大学生大歓迎』『顔バレしません』『稼ぎたいなら今がチャンス！』というバナーが表示された。そこのデリヘル店は中堅クラスの店で、最初に表示されたようにかなり積極的に求人をしているようだった。ひょっとしたらと思い、その店のホームページをチェックしたが、「祥子」という名前のデリヘル嬢はいなかった。手で顔を隠した何人かの女の子の写真があったが、そこに透子らしき女性の写真も見つからない。

時計を見ると、針は〇時を回っていた。

ふと我に返りこのまま寝てしまおうかとも思ったが、透子はまだマンションには帰っておらず、今どこで何をやっているかと思うと気になってしまい眠れない。

二郎はもう一度、風俗求人サイトにアクセスする。

さっきは未経験でも安心というキーワードで調べたが、金に困っているのならば、やはり条件の良いところを選ぶはずだ。そのサイトの中で条件面、特に時給の高い高級店を調べていくと、いくつかの店に絞られた。容姿がよくて現役女子大生の透子だったら、そんな高級店でも採用されるだろう。

その中から若い女の子を中心に募集している店のホームページを検索してみると、『新人　現役女子大生　祥子』というプロフィールを発見した。

七

デリヘル店に電話をしてみると、祥子という女の子はかなりの人気嬢で予約がたくさん入っていた。しかし何とか合間を縫って、空いていた時間に二郎の予約を入れてもらった。

赤坂のホテルの一室で、二郎は祥子がやってくるのを待っていた。

これからここにやってくる祥子は、果たして透子なのだろうか。店のプロフィール写真では目元が隠されていたので、透子に似ているような気はしたが確信は持てなかった。しかし、「清楚で知的な現役女子大生」「お椀型の透き通るような白い美乳」「前向きで明るい頑張り屋さん」などという紹介文が、どことなく透子を連想させた。

デリヘル店では自宅にデリヘル嬢を呼ぶこともできるが、もしも祥子が透子だったら、その段階でキャンセルされてしまうだろう。しかし今はとにかく、祥子というデリヘル嬢が透子であるかどうかを確認したかった。

本当に祥子が透子だったら、自分はどうするつもりなのか。そんな仕事は辞めるように、この場で説得するのだろうか。果たしてそんなことを言う権利が自分にはあるのだろうか。

透子の秘密が知りたくて、勢いでこんなことをしてしまったが、もしもここで透子と遭遇してしまえば、もはや店子とオーナーという関係は壊れてしまう。透子はあのマンションを出て行ってしまうかもしれないし、もしもそうなったら二郎は大切なものを失ってしまうことになる。

今日も透子は茶色いワンピースを着て、朝早くマンションを出て行った。午前中は大学で授業のはずだが、その後は二郎がマンションを出るまで帰ってきてはいなかった。いっそ今すぐキャンセルをして、祥子に会わずに帰ろうかと思った瞬間、部屋のチャイムが鳴った。

ドアを開けると、朝と同じ茶色いワンピースを着た透子が立っていた。二郎は驚きのあまり言葉が出なかった。

「ご指名いただき有難うございます。祥子です」

部屋の照明が暗いせいか、透子は二郎のことが分かっていないようだった。

「祥子……、じゃなくて透子さんですよね」

透子は目を丸くして二郎を見た。

「え？　まさか……オーナーさん？」

「透子さん。ど、どうして……、真面目な学生さんだと思っていたのに、なんでこんな仕事を」

思わずそんな言葉が口から出た。

「そ、それは……」

「いくらお金に苦労していても、こんな仕事をしちゃだめだよ」

透子は両目を瞑《つむ》って顔を背けた。

「親御さんが知ったら悲しむだろうし、恋人や将来結婚する人に対して申し訳ないと思わないのかな」

そんな説教を言うつもりはなかった。

しかし最初に会った時に人の良いマンションのオーナーを演じてしまっていたので、とりあえず分別《ふんべつ》のある大人を演じ続けることしか思いつかなかった。

「私、安易に決めたりしていません。本当に悩みました。だけど田舎から上京してきて、本当にお金がないんです」

泣きそうな透子を見た時、二郎の中で何かが弾けた。透子が可哀そうだと思ったし、自分の力で何とかしてあげたい。そしてこのプライスレスな状況を、もっともっと楽しみたいと思ってしまった。

「いくらお金がないと言っても、節約とかやり方はいろいろあるでしょう」

気まずい空気が漂った。泣いているのか、透子はずっと俯《うつむ》いたままで何も喋らない。そうなると二郎もどうしていいのか分からなくなって、ただ茫然と部屋の中で立ち尽くすばかりだった。

「透子さんは、ちょっと考えが甘すぎるんじゃないのかな。こんな短時間で大金を稼ぐことを覚えてしまうと、将来大変なことになってしまうよ」

反射的にそんな言葉が出てしまう。

「本当にこれしかなかったんです」

逆切れ気味に透子が言った。

「他のアルバイトはどうだったの？　塾の講師をやるんじゃなかったの？」

「塾講師のアルバイトは教えている時の時給はいいんですけど、塾の予習をしたりその後の報告書を書いていると、あっという間に時間が経ってしまうんです」

透子は、塾のアルバイトはすぐに辞めてしまったそうだ。

「じゃあ喫茶店の仕事の方は？」

「喫茶店は楽しいですけど、時給が安い上に授業と重なってしまって満足にシフトに入れないんです。そうしているうちに遂に貯金がなくなってしまって、すぐにお金がもらえる仕事をするしかなかったんです」

透子は涙ながらにそう言った。

「そうなんだ……」

二郎は同情するふりをして考えた。透子はいよいよ追い詰められている。その一方で自分には有り余る金がある。まずは透子に金を貸そう。どんどん透子に金を貸せば、もっとプライスレスな体験が得られるはずだ。

「だけどオーナーさんは、どうして私がデリヘルで働いていることが分かったんですか」

二郎は小首を捻って考える。

「そんな噂があったからね」

さすがに野良Ｗｉ－Ｆｉをチェックしていたからとは言えなかった。

「私がこの仕事をしていることを、あのマンションの住人の誰かが知っているのですか？」

透子は目を丸くする。

「あくまで噂だと思ったんだよ。だからこうやって僕自身が確かめようとしたんだけど、まさか本当に透子さんがここにやって来るとは思わなかった」

二郎は沈痛な表情でため息を吐いた。

「こういう仕事をしていると、あの部屋の契約は解除されてしまうんですか」

そんなことは考えたこともなかった。マンションによっては、水商売や風俗で働いている店子を拒否するところもあった。

「その辺は僕の一存でどうにでもなるけど、こんな仕事をしていることがばれたら、大学は退学になってしまうんじゃないのかな」

まじまじと透子を見ながら、これからのことを考える。

「今の大学生は本当にお金がないんです。大学でもこういう仕事をしている子は私だけではないし、中にはパパ活をしている子だっているんです」

透子は口を尖《とが》らせた。

「透子さん、もしもお金が足りないのならば、場合によっては、僕が……」

金を貸す話を切り出そうとした瞬間、透子は目を怒らせながら口を開いた。

「それでオーナーさん。今日はこれからどうしますか。私をチェンジしますか、それともこのまま続けますか。私はお金さえもらえれば、相手がオーナーさんでも問題ありませんよ」

透子は自らワンピースを脱ぎ、さらに下着も脱ぎ捨てた。

「シャワー浴びますよね」

一糸纏わぬ透子の透き通った体を見て、二郎は生唾を飲み込みながら頷いた。

バスルームで透子は二郎の体を洗ってくれたが、口数は少なくまるで作業をするようだった。透子の白い肌を目の当たりにして、二郎は透子をきつく抱きしめた。そして唇を重ねたが、透子は目と口を固く閉じたままだった。

その後二人はベッドへ移動した。

真っ白いシーツの上に一糸纏わぬ透子を寝かせて、二郎はその若い体を愛撫したが、透子は悦びの声をあげることもなく体も反応していなかった。まさにマグロのように横たわっているだけで、何を考えているかわからなかった。浴室の天井裏から覗いた透子の裸は眩いばかりだったが、薄暗いホテルの一室で見た透子の裸体はどことなく色褪せて見えた。

「きれいだね」

「可愛いよ」

何を言っても、透子は表情を変えなかった。

「初めて会った時から、君のことが好きだったんだ」

そう口走った瞬間に、透子の刺すような視線が二郎の顔をじっと見た。

「ひょっとして、犯人はオーナーさんですか」

「な、なんの話？」

二郎の心臓が凍り付いた。

「私の部屋に誰かが入っているような気がするんです。オーナーさんは合鍵を持っていますから、私の留守中に部屋に入ることができますよね」

透子は部屋に誰かが侵入していることに気が付いていた。しかもその犯人が、二郎であることを疑り始めたようだった。

「そんなことをするわけがないじゃないか」

合鍵を使ったりはしていない。しかしやっていることは、まさに透子の言う通りだ。二郎は身も心もすっかり萎《な》えてしまい、もうそれ以上透子に触れることができなくなってしまった。

八

二郎は大切な宝物を失ってしまった。

防犯カメラの映像をチェックするのも止めてしまい、透子の浴室の天井裏に続く秘密の通路もバスマットで塞いだ。以前のような味気ない日常に戻ってしまい、また自殺をすることを考え始めた。

透子に対する感情を、どう整理すればいいのかわからなくなった。

金で買えないからこそ、犯罪まがいのことまでして透子の全てが知りたかった。それなのに、透子は簡単に金で買えるものになってしまった。実際に今日も自分以外の男に金で買われているはずだ。それを思うと二郎はやるせない気持ちになる。

可愛さ余って憎さ一〇〇倍。二郎は透子のことが、憎らしく思えてきた。

「淫売、淫乱、ふしだら、嘘吐《つ》き、ビッチ……」

階下の透子に向かってそんな言葉を口にしてみたが、気分が晴れるはずもない。数ヵ月前まではあんなに純真で溌剌《はつらつ》としていたのに、東京での生活が透子をあっという間に変えてしまった。

どんなに美しい蝶になるかと思っていたら、蛹から出てきたのは醜い蛾だった。そうなると自分のいる真下の部屋に、自分をこんなにも不快にさせる女が住んでいることが疎《うと》ましい。

透子をこのマンションから追い出してしまおうか。

いかがわしい職業に従事しているから、このマンションから退室してもらいます。そんな規約はどこにも書かれていないが、オーナーである二郎ならそんな無理筋を通すことも可能だろう。いっそ透子が通う大学に、いかがわしいアルバイトのことを密告してやろうかとも考えた。

しかし、二郎にも負い目があった。

透子を無理矢理このマンションから追い出したら、何をするかはわからない。透子の部屋に誰かが侵入していたことを警察に相談されたら、二郎は窮地に追い込まれてしまう。

透子を殺してしまおう。

二郎はその方法を考えた。もちろん今まで人を殺したことはなかったが、完全殺人の方法を考えることに没頭するようになった。

あの浴室の点検口から忍び込めば、透子の部屋に侵入できる。透子が寝静まった時に犯行に及べば、殺すことは簡単だ。そして点検口から部屋に戻ってくれれば、密室殺人が完成するはずだ。これこそが最もプライスレスな体験で、透子の観察日記の最後を締めくくるにふさわしい結末だろう。

しかしいくら密室でも、他殺ならば警察にばれてしまう。

何とか透子が、自殺したように偽装することができないか。

絞殺した後に首にロープを掛けて部屋の中に吊るしても、鑑識が調べれば簡単に偽装がばれてしまう。睡眠薬で眠らせて、ナイフで手首を切ってバスタブに放り込んだらどうだろうか。確実に殺せるかもしれないが、その浴室の天井裏を調べられる恐れがある。死体は風呂場とは違うところに置いた方がいいだろう。そして警察が検死解剖しても、それが他殺だと分からない方法はないだろうか。

かつて購入した練炭とコンロのことを思い出した。

何かしらの方法で透子に睡眠薬を飲ませ、その間に部屋に運び込んだ練炭に火をつける。実際に睡眠薬を飲んで練炭自殺をする人は少なくないので、この方法は、悪くない。

睡眠薬を飲んだ透子が熟睡している間に、練炭とコンロを運び込んで自殺を偽装する。徐々に一酸化炭素が部屋に充満すれば、透子が死ぬのは時間の問題だった。

もちろん点検口は施錠したままで、上からネジを締めておく。

穴の開いた二郎の浴室の床は、モザイクタイルのシートを貼って塞いでしまおう。それはユニットバスのリフォームに使う本格的なものなので、二郎の浴室を調べられたとしても、その下に穴があるとは思わないはずだ。

後はどうやって透子に睡眠薬を飲ませるかだ。二郎は浴室の床に胡坐《あぐら》をかいてその方法を考えた。

ふと気が付くと床に開けた穴から生暖かい風が舞い上がってきた。どうやら透子が風呂に入ろうとして、換気扇のスイッチを入れたらしい。

九

「警察ですが、マンションの住人の方々に順番にお話を訊かせてもらっています。申し訳ありませんが、お部屋の中を調べさせてもらってもよろしいですか」

突然部屋を訪ねてきた中年の刑事は、警視庁の黒い警察手帳を見せながらそう言った。

「ど、どうぞ」

散らかっているとか何かと理由をつけて、部屋に入られることを拒否することもできたかもしれないけれど、そんなことで警察の心証を悪くするのは得策ではない。

「それでは、失礼します」

中年刑事に続いて若い刑事も部屋に入ってきた。

「昨日の夜十時ごろ、あなたはこの部屋にいらっしゃいましたか？」

二人の刑事は靴を脱ぎ、廊下を部屋の奥へと進んでいく。

「はい。昨日は八時ぐらいに帰ってきましたから、その時間は部屋にいました」

質問をするのは中年の刑事の方だった。若い刑事は鋭い視線で部屋の様子を窺ってい
た。

「それならば、昨日の事件はご存じですね」

中年の刑事が眉を顰《ひそ》めてそう訊ねた。

「消防車と救急車が何台も来て、大変な騒ぎになっていましたから。病院に運ばれたと聞きましたが、その後の容態はどうなったのですか」

救急車が走り去ったところは見ていたが、その後のことが気になっていた。果たしてうまくいったのだろうか。

「残念ながら亡くなりました。死因は一酸化炭素中毒です」

刑事は脱衣所の前で足を止めると、浴室の扉を指さした。

「すいませんが、この中を拝見させてもらってもいいですか」

首を縦に振ると、中年の刑事はバスルームの電気をつけて扉を大きく開いた。そして浴室の中に足を踏み入れて、首を上下左右に動かした。

「一ノ瀬透子さん。あなたはこの部屋をとてもお安く借りているそうですが、亡くなった畠山二郎さんとはどのような関係だったのですか」

心臓が早鐘のように高鳴った。この刑事は自分とオーナーとの関係を、どこまで知っているだろうか。

「このマンションを借りる時に面談をしてもらいました。そしてこの部屋を特別に安く

してもらったのです」

「どうしてですか？」

「この部屋で過去に自殺者が出たからです」

「その時も一酸化炭素中毒だったらしいですね」

中年刑事の目が鈍く光った。

「そうなのですか。私は入居する前だったのでよく知りませんが」

そんなことまではオーナーから聞かされていなかった。

「その後畠山さんとは、個人的に親しかったりしたのですか？」

「いいえ。会えば挨拶をするぐらいで、特に深い話をしたことはありません」

実際にマンション内ではオーナーと店子の関係でしかなかったので、その程度の挨拶しかしたことはなかった。

「本当にそれだけの関係ですか？」

ホテルでオーナーと会ったことを警察は知っているのだろうか。透子は中年刑事の表情を注意深く窺った。しかし入ってきた時から無表情で、何を考えているか全く分からなかった。

「本当です」

しかしデリヘルで働いていることを、自ら口にするわけにはいかなかった。

「畠山さんにしつこく付き纏われたり、例えばストーカーのような目に遭ったことはありませんでしたか？」

「いいえ」

透子はきっぱりと否定した。この部屋にオーナーが忍び込んでいたことを話してしまえば、疑われるのは自分だからだ。

「どうして畠山さんは亡くなったのですか。一酸化炭素中毒って、どういうことですか？」

刑事は小首を傾げて、透子の顔をじっと見た。

「畠山さんの部屋のバスルームに練炭とコンロがあったので、当初は自殺を図ったのかと疑いました。しかし練炭は使用されていなかったので、なぜ畠山さんが一酸化炭素中毒になったのか、今その原因を調べているところなのです」

「そうだったんですか」

透子は目を丸くしてそう言った。

「ところで一ノ瀬さんは、この浴室でお風呂に入っていますよね」

「もちろんです」

「週に何回ぐらいお風呂には入りますか？」

透子は小首をかしげて考える。

「シャワーだけで済ましてしまうこともありますが、ほぼ毎日、お風呂には入っています」

「一ノ瀬さんはこの天井の点検口を開いて、中を見たことはありますか」

刑事は天井を指差してそう訊ねる。

「いいえ」

透子は首を左右に振った。

「それではお風呂に入っていて、何か不審なことを感じたことはありますか？」

「例えばどういうことですか？」

「天井で物音がしたとか、何かの異変を感じたとか、まあ、そんなことです」

「さあ、特に思い当たることはありませんが」

バスルームの天井から、誰かに覗かれているような気配を感じたことはあった。

「他に何か、生活しているうえで不可解なことはありませんでしたか」

「特に何かを感じたことはありませんでした」

きちんと畳まれていたはずの下着が崩れていたり、ベッドのシーツが乱れていたなど、部屋に異変を感じるようになった。

誰かが自分の部屋に忍び込んでいる。

ホテルでオーナーに会った時に、その犯人がわかった。そして透子はオーナーがいない時を見計らって、バスルームの上の点検口を調べてみた。そして上の階から差し込む光を見て、そこからオーナーが侵入していたことを確信した。

「一ノ瀬さん、あなたは昨日の夜の九時ぐらいに、お風呂に入りませんでしたか」

「何時だったかは覚えていませんが、多分それくらいの時間に入ったと思います」

脚立を使って点検口からオーナーの部屋のバスルームに上ると、そこに練炭とコンロが置かれていた。最初は何のためにそれらがあるのか分からなかったが、やがてオーナーの恐ろしい計画に気付いてしまった。

「その時に、あなたは換気扇を回しましたか?」

「ええ、回したと思います」

透子は頷きながらそう言った。

「実はこの点検口の上に、畠山さんの部屋の浴室に続く大きな穴が開いていたんです」

「どうして、そんな穴が開いていたんですか」

透子は目を丸くして驚いたような顔を作った。

「一ノ瀬さん。逆にあなたならば、その理由が分かるのではないかと思ったのですが」

「いいえ。全く思い当たることがありません」

透子が左右に首を振ると、長い黒髪が大きく揺れた。

「後ほどこの給湯器の検査をさせていただきます」

「どうしてですか」

「一ノ瀬さんの部屋の給湯器が故障して、その一酸化炭素が畠山さんの部屋に流れ込んだ可能性があるからです」

「そ、そんな馬鹿な」

目には目を。

歯には歯を。

オーナーが透子を殺そうとしているのならば、それを逆手にとってやろうと思った。何しろオーナーには、デリヘルで働いているという致命的な秘密も握られていたからだ。

「給湯器の故障で一酸化炭素中毒になってしまう事故が、昔は結構あったのです。それでも換気扇を回していれば一酸化炭素は建物の外に抜けるので大丈夫ですが、穴から上の部屋に流れ込んでいたとなれば、今回のような事故を起こしてしまいます。最近、一ノ瀬さんの給湯器が調子悪かったり、例えば急にお湯が水に変わったりしたことはありませんでしたか？」

透子は小首を捻って考えるふりをした。

「そう言われると、そんなことがあった気もします」

「ちょっとベランダを見せてもらえますか。そこに給湯器の室外機があるはずなので」

透子はリビングの窓を開けて、二人の刑事をベランダへと誘導した。

「どうぞ。こちらです」

二人の刑事は靴下のまま外に出て、若い方が室外機の周りを丹念に調べている。

オーナーを殺すことに躊躇《ちゅうちょ》はなかったが、自分が犯人であると特定されてしまえば元も子もない。オーナーの命を奪ったうえで、それをあくまで事故に見せかける。透子は練炭自殺や一酸化炭素中毒のことを必死になって調べた。

「給湯器は機械自体が故障しなくても、吸気口が塞がってしまうと一酸化炭素中毒を起こします。たとえば昨日、ベランダに荷物を置いて吸気口を塞いでしまったりしてはいませんでしたか?」

中年の刑事は室外機の丸い吸気口を指さした。

「いいえ、荷物なんか置いていません」

荷物は置かなかったけれども、しっかり吸気口にビニールを張ってから給湯器を作動させた。もちろんオーナーが救急車で運ばれた後に、証拠が残らないようにそのビニールは剝がして処分した。

令和　人でなしの恋

時が経つのはあっという間ですね。時間というのは早まることも遅くなってしまうこともなく、ましてや止まってしまうこともないのですね。だから人間は生きていれば誰でも等しく一年でひとつだけ歳を取ります。しかし死んでしまえば歳は取らず、若かった頃の美しい思い出だけしか残りませんから、若くして亡くなった方がいいのかもしれませんね。

これは私と夫の昌彦《まさひこ》さんの間で本当に起こった出来事です。あまり人に話したことはなかったのですが、本当にご興味があれば、恥を忍んでお話ししますがいかがですか。そうですか、やっぱり聞きたいですか。そうでしょうね。だってあの事件は、今思い出してもとても奇妙な事件でしたからね。

一

昌彦さんと知り合ったのは、マッチングアプリがきっかけでした。

マッチングアプリだなんて、御年配の方々は眉を顰めるかもしれませんが、令和の時代にマッチングアプリで配偶者を探すことは、もはや当たり前のことなのですよ。パパ活専用とかワンナイトラブとかのマッチングアプリだと色々な問題もありますでしょうが、私たちが知り合ったアプリは結婚を前提とした至極真面目なものでした。そこに登録するには身分や年収の証明書を提出しなければならなかったですし、さらにとても厳しい審査もありました。

キャビンアテンダントの仕事を辞めてから、私は暫く独身貴族を気取っていました。実家が比較的裕福だったので、仕事を辞めても経済的に不自由になることはなかったのですが、急に一度ぐらい結婚をしてみるのも悪くないかなと思ったのです。特に子供が欲しいとは思いませんでしたが、このまま一生独身でいると寂しい老後を送ることになってしまうのではと少し心配になったからです。

アプリでは何人かの男性と知り合いました。

昌彦さんは、「遥香《はるか》さんとは初めて会ったような気がしません」と、私のことを気に入ってくださいましたが、かなり年齢が離れていたので、お断りしようと思っていたのです。しかし何度か会ううちに、昌彦さんの優しい人柄と紳士的な振る舞いに私は少しずつ惹かれていくようになりました。

その後私たちはデートを重ねて関係を深めていきました。昌彦さんは女性の髪型やファッションに拘《こだわ》るタイプで、好みの髪型や清楚なワンピースを着て差し上げると、とても喜んでいただけました。そして付き合い始めて三ヵ月が過ぎようとした頃、横浜の港が見えるレストランで昌彦さんは結婚を申し込んでくださいました。

しかし、私には一つだけ気になることがありました。

それは昌彦さんがどうしてその歳になるまで、誰とも結婚しなかったのかということでした。

昌彦さんは決して不細工ではなく、むしろイケメンと言っても差し支えありませんでした。今ではこんな風になってしまいましたが、付き合い始めた頃は心身ともに健康で、痩身でさらさらの長い髪の毛を掻き上げる仕草などは、まるでファッション雑誌から抜け出してきたかのようでした。

私はその理由を訊ねました。

すると昌彦さんは、「若い頃からなかなか気に入った女性と出会えなくて、結局今まで誰とも付き合わないで時が過ぎてしまった。だけど遥香さんは、アプリの写真を見た瞬間にこの人だと思った」と言うのです。

昌彦さんの家は私の実家とは比較にならないほどのお金持ちでしたから、世の中の女性が放っておくはずがありません。え、昌彦さんの財産ですか？　昌彦さんのご実家は明治時代の伯爵家でさらにお祖父さまがやり手の実業家で、総資産は一〇〇億を超えていたそうです。都内に多数の不動産を抱えていて、正確な資産総額は昌彦さん自身でも分からなくなっていたそうです。

ですから「女性との出会いがなかった」という言葉を、私は俄《にわか》には信じることができませんでした。

昌彦さんは、同性しか恋愛の対象にならないタイプの人なのではと疑っていました。世の中にはそういう方はたくさんいらっしゃいますし、私もそういう方々を決して差別するわけではありません。しかし昌彦さんが自分の恋愛志向を偽って結婚しようとしているのならば、生涯をともにすることはできません。

こんなことをお話しするのはお恥ずかしい限りですが、私はプロポーズをされたその夜に昌彦さんをホテルに誘いました。そしてその結果、昌彦さんが異性を恋愛対象とするノーマルな性癖の持ち主であることがわかりました。そこで私はやっとプロポーズを受け入れるお返事をさせていただきました。

二

互いに親戚縁者が多いわけではありませんでしたし、昌彦さんは派手な結婚式を行うような年齢でもなかったので、式はごくごく身内だけの食事会となりました。私の方は父と母、そして姉夫婦と姪《めい》が出席しましたが、昌彦さんはご両親が亡くなられていたこともあり、親族は誰も出席しませんでした。

広尾の高級フレンチレストランでのその食事会は、とても料理が美味しくて、笑顔が溢れる和やかなものになりました。式は内輪だけのものでしたが、ウエディングドレスは海外の一流デザイナーが手掛けた特注品でした。さらに結婚指輪も大きなダイヤモンドがあしらわれているものをいただきました。え、お値段ですか？　そうですね、まあそれだけで高級外車が一台買えてしまうぐらいでしょうか。

ハネムーンは二ヵ月かけて世界を一周しました。もちろんその費用も、全部、昌彦さんが出してくださいました。ハワイに始まり、次にアメリカ本土とカナダの街々を巡りました。昌彦さんは英語が得意ではなく、また今まで一回も海外旅行をしたことがなかったので、私が行く先々でガイド兼通訳のようなことをしてあげました。

昌彦さんは終始私に頼りっぱなしで、どうしても私がイニシアティブを取るようになってしまいました。そんな感じですから、ハネムーン中は「夫唱婦随」ならぬ「婦唱夫随」な夫婦の関係になっていました。

それでも昌彦さんは、不愉快そうな顔をすることはありませんでした。昌彦さんは若くして両親と死別していたので、親しく接することができる家族と呼べるような存在がいなかったそうです。だからこんな私との関係でも、心地よかったのかもしれません。

メキシコからブラジル、そして私たちは大西洋を渡りヨーロッパを訪れました。イギリス、フランス、チェコ、ドイツ、スペイン、イタリアと回った後に、私たちはモロッコのカサブランカを訪れました。

そこでちょっとした事件が起こったのです。

事件と言っても窃盗とか殺人とか大それたものではありませんよ。今思い出しても笑ってしまうようなことなのです。実はカサブランカのホテルがとても不衛生で、部屋にゴキブリがたくさん出没したのです。

私は虫、とくにゴキブリが大の苦手なのです。あのすばしこい黒い塊《かたまり》を見ただけで卒倒しそうになるのです。学生の頃には夜中にあの黒い虫に出くわして、悲鳴を上げてしまい家族全員を起こしてしまったこともありました。

そんなゴキブリが、カサブランカのホテルに何十匹もいたのです。しかもあろうことか、そのカサブランカのゴキブリは、羽をはばたかせて私に向かって真っ直ぐに飛んできたのです。そして何と恐ろしいことに、そのゴキブリは私の頭の上に着陸してしまったのです。

私は気を失いました。

気付いた時には、私はカサブランカ市内の最高級ホテルの清潔な部屋のベッドの上で寝ていました。気絶をしている間に、昌彦さんが部屋と私を移してくれたのです。その後ハネムーンが終わるまで、いえハネムーンから帰って来ても暫くの間は、ゴキブリが頭にとまって気絶してしまったエピソードを、昌彦さんは何度も楽しそうに口にしていました。私は恥ずかしくて顔から火が出る思いでしたが、しかし今でも宙を舞いながら向かってくるゴキブリは私のトラウマになっています。

そんなハネムーンの後に、私たちは新居で暮らすようになりました。

新居はレインボーブリッジが一望できる高級タワーマンションの四〇階で、有名人も暮らしているような億ションでした。そのマンションを新居に選んでくれたのは、私のゴキブリ嫌いのせいでした。ゴキブリは高層マンションの上層階には上がって来られません。エレベーターに乗って上がってくることも稀にありますが、下層階に比べれば圧倒的に少ないのです。そんな理由でタワーマンションの高層階に住んでいたのは私たちぐらいのものだったと思います。

東京に戻ってきてからも、昌彦さんは相変わらず優しくて、さらに春夏秋冬と一年に四回も海外旅行に連れて行ってくださいました。また週末には、必ず高級レストランで食事をしました。有名ブランドの服やバッグなど、私が好きな時に好きなだけ買えるように、クレジット会社のブラックカードも渡されました。玉の輿に乗るとはまさにこのことで、私は本当に幸せでした。

三

子宝にこそ恵まれませんでしたが、暫くは幸せな日々が続きました。昌彦さんはとても優しい人だったので、私はお人形のように可愛がられて毎日を過ごしました。

不動産などの所有資産の管理だけが昌彦さんの仕事なので、昌彦さんはほとんど外出をしませんでした。さらにお友だちもいませんので、夜に誰かとお酒を飲んだり土日にゴルフに行ったりすることもありません。

その一方で私はヨガやお料理教室、そして友達と好きなお芝居を観にいったり、結構家を空けることが多かったのです。しかしそんな時でも昌彦さんは、「僕のことは気にしなくていいから」と仰《おっしゃ》ってくださったので、私は何の気兼ねもなく毎日のように外出していました。

そんな生活が何年も続きました。

昼間こそ家を空けますが、夜には帰って来て昌彦さんと一緒に食事をすることが多かったですから、私が外出している間は昌彦さんは自宅で好きなテレビやDVDを見て過ごしているのだと勝手に思い込んでいました。

「久しぶりに会うお友達だから、今夜はゆっくり二人で食事でもしてきたら？」

その日は学生時代の友人とお芝居を見る予定だったので、昌彦さんはそう言って笑顔で私を送り出してくれました。しかし実は日にちを間違えていて、私はすぐに家に戻ることになってしまいました。そして家に戻ってくると、玄関には鍵が掛かっていて昌彦さんがいなかったのです。

最初はコンビニにでも行っているのかと思いました。しかし、一時間経っても昌彦さんは戻ってきません。それでは映画でも観に行ったのかと思いましたが、結局その日、昌彦さんは夜まで帰ってきませんでした。帰宅した昌彦さんに、日にちを間違えていて早く帰ってきたことを話しました。そして今日どこに行っていたのか訊ねると、昌彦さんはしどろもどろになって激しく動揺したのです。

昌彦さんは私に何かを隠している。私に言えない重大な秘密がある。そう思った私は、その日以来、昌彦さんの様子を観察するようになりました。

昌彦さんは、家の中なのにやたらとスマホを持ち歩いていることに気付きました。トイレや脱衣所にも、スマホを持ち込んでいるのです。そもそも仕事の関係者や友人がほとんどいない昌彦さんが、そこまでしてメールや電話で連絡を取らなければいけない相手はいないはずです。

しかもスマホを操作している時の昌彦さんの表情は真剣で、私が話し掛けても上の空だったりするのです。昌彦さんにスマホで何をしているのか訊ねたこともありましたが、「ゲームで遊んでいるだけだから」と言うのです。それでいて私がそのゲームを覗《のぞ》き込もうとすると慌てて画面を隠すのです。

昌彦さんは私の知らないところで誰かとSNSで繋がっている。一体昌彦さんは、誰と連絡を取っているのでしょうか。

相手は女性だと思いました。

銀座のホステスとか六本木のキャバクラ嬢などの水商売の女性でしょうか。しかしもしもそうならば、きっと夜に出掛けるはずです。しかし昌彦さんは私が家にいる限り外出しようとはしないので、相手は水商売の女性ではないと思いました。

私は再び昼間に芝居を見に行くと言って外出し、早く家に帰ってみると、やはり昌彦さんはいませんでした。そんなことが何回か続き、その都度どこに行っていたのか訊ねましたが、昌彦さんはいつも曖昧な答えで誤魔化そうとするのです。

昌彦さんの浮気を疑ったのは、この頃から昌彦さんが夜の生活を拒むようになったからでもありました。昌彦さんはもともと淡白な方で、しかも年齢的にも若くはありませんでしたが、しかしそうなってしまうのは流石《さすが》にちょっと早過ぎます。

昌彦さんが眠っている時に、スマホを調べましたがロックがかかっていて中身を見ることはできませんでした。深夜にベッドを抜け出して、昌彦さんの書斎を調べてみたこともありました。昌彦さんのパソコン上のメールのやり取りを調べましたが、浮気の痕跡は見つかりませんでした。シャツに口紅が付いていたり、ジャケットから香水の匂いがするようなこともありませんでした。

昌彦さんは本当に浮気をしているのか。それとも私の思い過ごしなのか。白黒はっきりさせるために、私は罠《わな》を仕掛けました。ある日、私はヨガに行くと言って家を出た後に、昌彦さんが部屋を出てどこに行くか尾行して突き止めてやろうと思ったのです。

マンションのエントランスを出て建物の陰に隠れていると、一〇分もしないうちに昌彦さんが出て来ました。そしてまっすぐ駅に向かう道を歩いて行きます。私は二〇メートルぐらい後方を、変装用の帽子とサングラスを着けてついていきました。

昌彦さんは最寄り駅まで行くと改札を通り、ホームに進入してきた下り電車に乗りました。私も昌彦さんの乗った隣の車両に走り込みました。幸いにも昌彦さんは、私の尾行には気付いていません。そして連結部分の窓から、こっそり昌彦さんの様子を窺います。優先席に座っていたお爺さんが私の行動を怪訝《けげん》な表情で見ていましたが、そんなことを気にしている余裕はありません。

その後昌彦さんは三つ隣の駅で電車を降り、足早に改札に向かいます。駅前にはロータリーがあり、そこから駅前商店街が続いていました。再び二〇メートル後方をついていくと、やがて昌彦さんは駅から五分ぐらいのところにあるマンションに入って行きました。

そのマンションの看板を見て、なぜここにやってきたかがわかりました。マンションは昌彦さんが所有している不動産の一つで、その中に昌彦さんの資産管理会社の事務所があったのです。

会社といっても従業員を雇っているわけではなく、デスクと金庫があるぐらいなのは知っていたので、ちょっと仕事をした後に出てくるものだと思っていました。そしてそこから、いよいよ浮気相手に会いに行くのでしょう。

しかし一時間経っても、昌彦さんはマンションから出て来ません。

マンションのはす向かいには喫茶店がありました。私はそこの窓際の席に腰かけて、昌彦さんが出てくるのを待ちました。しかし、二時間経っても三時間経っても、そして遂に六時間経っても昌彦さんは現れません。

そのマンションは二〇階建てで、家賃も安くはないはずです。ブランド品のバッグを提げたセレブ風の女性や、外国人、きれいな身なりの老夫婦など、様々な人物がエントランスを出入りしましたが、みんなお金持ちそうな身なりをしていました。

いよいよ喫茶店の閉店時間が迫り、それでも昌彦さんが現れないので、複雑な気持ちになってきました。もうこんなバカバカしいことは止めにしてさっさと家に戻ろう。そんな考えも脳裏を過《よぎ》りましたが、真相を確かめずに立ち去るわけにもいきません。

そして遂に、エントランスに昌彦さんの姿が見えました。

私は急いで会計を済ませて、昌彦さんの後を追いました。時計の針は七時三〇分を指していました。こんな時間からどこに行くのでしょうか。昌彦さんは駅前に停車しているタクシーの方へ足を進めます。もしも昌彦さんがタクシーに乗り込んだらどうしよう。私もタクシーに乗り込んで、タクシーでタクシーを尾行しなければなりませんが、そんな探偵のようなことがこの私にできるでしょうか。

しかし昌彦さんはタクシー乗り場を通り過ぎ、そのまま駅の構内に入ってしまいました。改札を通ってホームに向かうとちょうど電車が入ってきて、昌彦さんが電車に乗り込む姿が見えます。慌てて階段を駆け上り、昌彦さんの乗った隣の車両に飛び込むとドアが閉まり電車が走り出しました。息を切らしながら連結部分のドアの窓から隣の車両を窺うと、昌彦さんはスマホをいじっていました。

ＳＮＳで女性に連絡をしているのではと思いました。車内の路線図を見て、昌彦さんがこれからどこに行くのか考えました。電車は上りでしたので、繁華街があるいくつかの駅を考えました。

しかし昌彦さんは夜の繁華街に繰り出すことはなく、三つ目の駅で電車を降りてしまいました。そうです。昌彦さんはそのまま自宅に戻ってしまったのです。

四

結局その日、昌彦さんは半日事務所で過ごした後、そのまま自宅に戻ってきたことになります。事務所でする仕事が全くないわけではないのですから、そこで半日ぐらい過ごしたとしても不思議なことではありません。

しかし謎の外出は、私が家を留守にするたびに何度も続きました。その度に私は昌彦さんを尾行しましたが、やはり同じあのマンションの中に消えていくのです。

昌彦さんは、一体マンションの中で何をやっているのでしょう。仕事であれだけの長時間、マンションの中にいるはずはありません。きっとあのマンションの中にある事務所で、浮気相手と会っているに違いありません。

私が見張れるのはマンションのエントランスまでなので、昌彦さんが事務所に行っているかどうかすら確認できたわけではありません。そもそもあのマンションは、昌彦さんの所有物なので、他の部屋に浮気相手を住まわせていても不思議ではありません。

事務所の部屋に浮気相手が訪ねてきている可能性もあります。管理人に相談してマンション内の監視カメラを見せてもらえれば、もう少し事情が分かるでしょうが、もちろんそんなことは頼めません。マンションに潜入し、昌彦さんの事務所に誰が出入りしているか、それを調べるためにはどうしたらいいのか。

私はその方法を考えました。

昌彦さんと浮気相手が、あの部屋で逢瀬を重ねているのかどうか。それを調べるためには、隠しカメラや盗聴器を仕掛けなければならないと思いました。

しかし、私にそんなことができるはずがありません。

『浮気調査ならお任せください』

『調査成功率九六％』

『証拠が撮れなければ料金はいただきません』

私が隠しカメラや盗聴器を仕掛けなくても、それを人に頼むことはできます。昌彦さんがあの事務所で誰と逢瀬を重ねているのか、プロに任せれば確実です。

私が頼んだ探偵事務所は浮気調査が専門で、二つ返事で私の依頼を受けてくれました。どういうやり方をするかまでは訊きませんでしたが、探偵事務所は昌彦さんの事務所に出入りする人物を、二週間にわたって調査することを約束してくれました。

それから二週間、私が外出するたびに、昌彦さんは相変わらずあのマンションに行っているようでした。

昌彦さんが浮気をしている。

もしも探偵事務所がそういう報告をしたら、どうすれば良いのでしょう。それが知りたくてしょうがなかったのに、知ってしまった時のことが恐ろしくなりました。もしも決定的な事実が分かってしまったら、私は離婚を切り出すのか、それとも浮気相手と別れてくれと泣き叫ぶのか、ひょっとすると昌彦さんを殺して自殺をするかもしれないと思いました。

しかし、探偵事務所の報告は実に意外なものでした。

調査中の二週間、昌彦さんの事務所を訪れた人物はなく、さらにマンション内で昌彦さんが誰かの部屋を訪ねたということもなかったとの報告でした。その報告を俄には信じることができませんでしたが、浮気調査に定評のあるその探偵事務所が、間違った報告をすることも考えられません。

私は釈然としませんでした。

昌彦さんが桁違いのお金持ちだからそうなのかと思ったこともありました。若いころから有り余るお金があり何不自由のない生活をしてきた人たちは、お金や物に執着しなくなってしまうそうです。それは物だけでなく人間関係も同様で、女性そのものに興味がなくなってしまったのでしょうか。

確かに家にいる時の昌彦さんは、本や漫画を読んだり、好きなアニメを一日中見ていたり、スマホゲームに異常に集中したりしていることもあります。その様子は浮世離れしていて、私のような一般人とはかけ離れているようにも見えました。

しかし一緒に暮らしている私には分かるのです。新婚時代に私に注いでいたあの愛情を、代わりにどこかの誰かに注いでいることは間違いありません。

特に外出する時はそれを強く感じるのです。昌彦さんが出掛けていく時には、明らかに嬉しそうな顔をしているのです。しかしあの事務所を訪れる人がいないのは、探偵事務所が調査した通りです。

昌彦さんは誰も訪れないあの事務所で、一体何をやっているのでしょうか。

五

昌彦さんが寝静まったのを確認して、書斎からマンションの事務所の鍵を盗み出しました。深夜でしたがタイミングよくタクシーを拾うことができて、私はマンションに向かいました。

腕の時計を見ると、午前二時を示していました。

深夜なので誰かに怪しまれるかもと心配しましたが、マンションのエントランスは無人で銀色のオートロックの機械に鍵を入れて操作すると、自動扉が開きました。

郵便受けの表札を見て確認すると、目指すべき事務所は地下にありました。深夜のマンションはひっそりと静まり返り、私は誰にも会わずに部屋の前まで来ることができました。

鍵穴に鍵を差し込んで右に捻《ひね》ると、錠前が外れる手応えがありました。高鳴る胸を押さえながらドアを開くと、部屋の中は真っ暗で物音一つ聞こえません。玄関から差し込む灯りを頼りに壁のスイッチを探して、私は部屋の廊下の灯りを点けました。

足元には男性用の靴とサンダルが乱雑に脱ぎ捨てられてありましたが、その隣に赤いパンプスがきれいに揃えて置かれています。

私はそれを見て、心臓が止まりそうになるほどの衝撃を受けました。

ここにパンプスがあるということは、この部屋の中にそれを履いていた女性がいるのでしょうか。色々な意味で恐ろしくなり逃げ出したくなりましたが、辛うじてその衝動を抑えることができました。

玄関で靴を脱ぎ、廊下に素足で上がると氷のように冷たい感触が伝わってきました。耳を澄まして廊下の先を窺いますが物音一つしないので、足音を立てないように一歩二歩と部屋の奥に進んでいきました。

廊下の右側にドアがあり個室が一つあるようです。左側は浴室とトイレ、そしてキッチンがありました。部屋の中は私の足音が聞こえるだけで、人がいる気配はありません。

それでも安心はできません。突き当りの部屋の中に、玄関にあった赤いパンプスの持ち主がいるのではと思いました。息を殺し抜き足差し足で物音を立てないように気を付けながら、やっと突き当りの部屋のドアノブのところまでやってきました。

そしてゆっくりとそのドアを開けました。

部屋の中には誰もいませんでした。そこは書斎として使われているようで、大きな机と黒い革張りのソファーセットがありました。灯りを点けてみると、机の上にはパソコンといくつものファイルが置かれています。机の引き出しを調べてみると、印鑑や銀行の通帳、そして帳簿のようなものがありました。昌彦さんはこの部屋で、所有不動産の管理の仕事をしているのでしょう。

置かれた家具はそれだけで、部屋にはテレビもありません。探偵事務所の報告通りにこの部屋に誰も訪れていないのならば、ここで昌彦さんが半日も過ごしているのは全くもって不可解です。

小首をかしげて歩いてきた廊下を引き返すと、玄関のすぐ右側にドアがあり、そこにも部屋があることに気が付きました。この部屋の中にこそ、あの赤いパンプスの持ち主がいるのでしょうか。私はその部屋の前に立ち、ドアに耳を当ててみましたが、何も聞こえてはきませんでした。

唾を飲み込みながら、ドアノブに手を掛けました。勇気を振り絞ってドアを開けると、部屋の真ん中にシングルベッドが置かれていました。

「ああ」

そのベッドに誰かが寝ているのが見えたので、思わず悲鳴を上げてしまいました。

しかしその人物は眠ったままで、ピクリとも動きません。

髪の毛が長かったので、女性であることはすぐにわかりました。部屋の灯りを点けてよく見たかったのですが、そんなことをしてしまえばその女性が目を覚ましてしまうでしょう。私は廊下から差し込む灯りを頼りに、目を細めてベッドの様子を窺いました。そして半腰になりながら恐る恐る摺《す》り足でベッドに近寄っていきましたが、同時に違和感を覚えました。

なぜならば、ベッドの上で寝ているその人物の寝息が感じられないからです。

その一方で私の心臓はばくばくと大きな音を立て、過呼吸で胸が苦しくなりその場で倒れるかと思いました。恐る恐るベッドに近づきその女性の顔を見ると、目は見開かれたままで息もしていません。

死んでいる。

咄嗟《とっさ》にそう思ってしまったのも無理はありません。私はベッドに近づいてその体を大きく揺すりました。すると手に硬くて冷たい感触が伝わり、横たわっているのが人間ではないことがわかりました。

それは等身大の人形だったのです。

私はすっかり腰が抜けてしまい、床にしゃがみこんで暫く動くことができませんでした。混乱する頭で色々考えましたが、何がなんだか全くわかりません。やがて目が部屋の暗さに慣れてくると、部屋の中にたくさんの目があることが分かりました。私はなんとか立ち上がり、壁のスイッチを入れて部屋の灯りを点けました。

人形はベッドに横たわっている一体だけではありませんでした。

ベッドの横にショーケースがあり、その中に大きさ順に並べられた人形が置かれていました。さらに天井から吊るされているもの、床に並べられているものなど、部屋には全部で大小一〇〇体ぐらいの人形がありました。それらはベッドに寝かされていた人形と、全て同じ顔をしていました。セーラー服姿が一番多かったですが、他にも体操服、ミニスカート、チャイナドレス、警官の制服、迷彩服、レオタード、水着、下着、さらには何も身に付けていない人形までありました。私は部屋の中の人形たちをもう一度見まわしました。大小様々な人形たちは色々なポーズや表情をしていましたが、全ては同じキャラクターの人形でした。そしてあることに気が付きました。

それはその人形たちが、私にたいへん似ているということです。

私は昌彦さんと出会った頃のことを思い出しました。マッチングアプリを見た昌彦さんが私をたいそう気に入ってくれたのは、昌彦さんが好きだったアニメのキャラクターに私が良く似ていたからなのです。

それは夢乃明日香《ゆめのあすか》という美少女アニメのキャラクターで、優しい心を持ったアンドロイドという設定でした。昭和二七年に発表された手塚治虫の「鉄腕アトム」は二一世紀の未来が舞台でしたが、令和の時代に発表された夢乃明日香が活躍するのは、今から数年後という近未来のお話でした。

ずらりと並べられた人形たちを見ても、やや吊り上がった目、筋の通った鼻、そしてアヒル口の感じが確かに私に良く似ています。髪型は全然違いますが、昌彦さんと付き合いだした頃、明日香と同じツインテールの髪型にして、さらには明日香が通っている学校のセーラー服を着てあげたことも思い出しました。

明日香は優秀なアンドロイドで、英語が堪能でゴキブリが大嫌いというキャラクターでした。そうです。私にとっては全くの偶然ですが、昌彦さんには私がリアルな夢乃明日香に見えていたことでしょう。

「あなたは、誰ですか？」

突然、人間の声が聞こえたので、私は飛びあがるほど驚きました。誰かがこの部屋に入ってきたのかと思いましたが、もちろんそんな気配はありません。

「あなたは、誰ですか？」

私はベッドの上に横たわっていた等身大の人形をじっと見つめました。声はその人形から聞こえてきます。口が動くわけではないのですが、どうやらその言葉は目の前の人形から発せられているようでした。

「あなたが喋っているの？」

私は人形に向かって問いかけました。

「はい、そうです。あなたは、誰ですか？」

「私は遥香です」

「どちらの遥香さんですか？」

どうやらこの人形は、簡単な会話もできるようです。

「私は昌彦さんの妻の遥香です」

「あなたが遥香さんでしたか。昌彦さんからあなたのことは聞いています」

「スマートスピーカーが人間の発した言葉に対して、何とか自然な会話ができるようになった時代のお話です。この等身大の人形には、かなり性能の良い音声対応機能が搭載されていたのでしょう。

「あなたはこの部屋で、昌彦さんと何をやっているの?」

思わず私はそう訊ねました。

「私はいつもこの部屋で、昌彦さんと楽しくおしゃべりをしています。昌彦さんはいつも私に優しくしてくれるので、私はとても幸せです」

そんな複雑な質問にも、等身大の人形は即座に答えました。発音やイントネーションもとても自然で、人が喋っているのと全く違和感はありません。どうやらアニメのキャラクターの声を加工しているようで、これならばアニメの世界の夢乃明日香と本当に会話をしているように思えるでしょう。

「あなたと昌彦さんは、ここでどんな話をしているの?」

見たり触れたりして楽しむだけではなく、こんな風に会話ができるのならば、昌彦さんがこの部屋に入り浸ってしまうのも分かるような気がしました。

「最初は昌彦さんの悩みを聞いてあげて、そして慰めたり励ましてあげたりしています」

誰にも言えないような情けない愚痴をこぼしても、本人を肯定して前向きに励ましてくれる。このおしゃべり人形のコンピューターは、そんな風にプログラミングされているのでしょう。

「昌彦さんは、あなたにどんな悩みを相談しているの？」

私は昌彦さんとこのおしゃべり人形が、二人きりでどんな話をしているのか気になりました。

「それは私と昌彦さんだけの秘密です。奥さんのあなたにも、ちょっとお話しするわけにはいきません」

私は複雑な気持ちになってきました。昌彦さんは無口な人なので、私に悩みを打ち明けたりすることはありません。それなのにこんな人形に、心を許しているということなのでしょうか。

「あなたはいつから昌彦さんと話をするようになったの？」

「一年ぐらい前からです。私は昌彦さんの色んなことが知りたくて、昌彦さんとたくさんお喋りをしました。そしてお互いの理解が深まるうちに、私の中である感情が芽生えました」

その言葉にちょっと興味を引かれました。こんなおしゃべり人形に、どんな感情があると言うのでしょう。

「最初はそれをよく説明できなかったのです。それは昌彦さんとずっと一緒にいたい、もっとお喋りをしていたいという気持ちです。そして昌彦さんがこの部屋からいなくなると、とても残念な気持ちになりました。その感情がどういうことなのか分からなかったので昌彦さんに訊ねると、それは愛という感情であることを教えてくれました」

「昌彦さんがそう言ったの？」

「はい、そうです」

AIが感情を持つかどうかは分かりませんでしたが、どんどん言葉を覚えていけば、そんな言葉も使うようになるでしょう。

「そして昌彦さんも、私のことを愛していると言ってくれました」

「ちょっと待って、昌彦さんが本当にそんなことを言ったの？」

AIが人間の真似をするのはしょうがないとしても、人間である昌彦さんがそんなことを言ったとなると聞き捨てなりません。

「はい、そうです」

私はとても不思議な気分になってしまいました。明日香の言葉は、妻である私としては断じて許しがたいことです。しかも明日香は、血も通っていないただの人形に過ぎません。

「だけどあなたは手も足も動かないおもちゃの人形だし、話をするだけで昌彦さんに何もしてあげられないじゃない。それともあなたは、性的なことをするためのお人形なのかしら？」

詳しいことは知りませんが、男性が一人で処理をする時に使われる人形があるそうです。だからひょっとするとこのおしゃべり人形にも、そういう機能があるのかと思い、セーラー服のスカートを捲《めく》ってみました。スカートの下にはきちんと白いショーツを穿《は》いていたので、それを引きずり下ろしましたが、そこにはのっぺりとした繊維強化プラスチックでできた丘があるだけでした。

「やめてください」

「あなたは昌彦さんとお喋り遊びをしているだけなのね。もっと昌彦さんを肉体的に癒してあげられたら良かったのにね」

そんな嫌味を言ってしまうほど、私はこのおしゃべり人形を急に憎たらしく思うようになってしまいました。

「そうして差し上げられたら、どんなに良かったかと思いました。だけど昌彦さんは、気にしなくていいと、優しく私を慰めてくれました」

一体、昌彦さんはこんなお人形を相手に何をやっているのでしょう。

「だけど遥香さん。あなたも昌彦さんとは、暫く肉体的な繋がりがないそうですね。だったら私と同じですね」

どうしてそんなことをこの人形が知っているのか。もちろん、昌彦さんがそう言っているからに違いありません。

「昌彦さんは、もうあなたには肉体的な魅力を感じないそうです。昌彦さんは、やっぱり私みたいな若い子が好きみたいです」

私はいよいよこの人形が、憎くて堪らなくなってしまいました。

「あなた、口の利き方に気を付けなさい。私は昌彦さんの妻なのよ」

相手が人間ならば殴りつけてやるところですが、そんなことをしても私の手が痛くなるだけです。

「昌彦さんはあなたと離婚して、私と結婚してくれると言ってくれました」

六

いくらおしゃべりができるとはいえ、明日香は所詮おもちゃの人形です。

そんなものにいい大人の昌彦さんが、現《うつつ》を抜かしているようでは困ります。しかも私という存在がありながら、お人形相手に愛の言葉を囁いているなど世間の人が聞いたら何と思うことでしょう。

それに生身の人間の私より人形の方が愛されているなんて、そんな酷いことがあってよいはずがありません。なんとか昌彦さんの愛情が私に戻るように、努力してみることにしました。

その日、マンションに戻った時には、すっかり夜は明けていました。私は鏡台に向かい、思い切って髪の毛をツインテールにしてみました。そしてそのままベッドルームから出てきた昌彦さんに対峙しました。

「どうこの髪型。似合うかしら？」

昌彦さんは目を白黒させて、私のことをじっと見つめました。

「遥香さん。どうしたの？」

「ちょっとイメチェンをしてみようと思ったの。昔はよくこの髪型にしていたから、久しぶりに変えてみたの」

そう言いながら私は昌彦さんの様子を窺いました。

「そう、なんだ」

こうやってアピールしていけば、あのおしゃべり人形なんかより、血の通った生身の私の魅力に気付いてくれるはずだと思いました。

しかし昌彦さんはすぐに私に背を向けて、スマホをいじりはじめました。もっと喜んでくれるかと思っていたので、私は肩透かしを食らった気分になってしまいました。

「暫くこの髪型のままにしようと思っているんだけど」

そんな言葉にも反応しないで、昌彦さんは無言でスマホを操作していました。

私は昌彦さんの肩越しに、スマホを覗き込んで愕然《がくぜん》としました。なんと昌彦さんが夢中になっていたのは、夢乃明日香のゲームだったのです。

美少女アニメのスマホゲームとなれば、プレイをしなくともその内容は想像がつきます。おそらくゲーム内でデートを重ねて夢乃明日香と恋に落ちるシミュレーションゲームに違いありません。そしてゲームを早く進めるために、課金アバターの指輪や洋服を、何万円も、いいえお金持ちの昌彦さんのことですから何十万、何百万円もお金を使ってプレゼントをすることでしょう。

別にお金がもったいないと、言っているわけではありません。

そんなことよりも、朝、昼、夜とゲームの中の明日香とメッセージの交換をする内に、疑似恋愛がますます強固なものとなり、そしてあの部屋のおしゃべり人形への思いを募らせてしまうことを心配したのです。

私は鏡台の前に戻り着ていた服を脱ぎ捨てました。

そしてクローゼットの一番奥に吊るしてあったセーラー服に着替えました。それは夢乃明日香の学校の制服で、以前それを着た時に昌彦さんは涙を流さんばかりに喜んでくれました。私は念のために、そのセーラー服をずっと捨てずにとっておいたのです。グレーの襟に臙脂《えんじ》のライン、白いリボン、ボタンがダブルというちょっと変わったデザインなので、昌彦さんだったら一目でこれが夢乃明日香の学校の制服であることに気付くでしょう。

「久しぶりに着てみたんだけど、どうかしら？」

そう言いながら、スマホをいじっていた昌彦さんの前に立ちました。もちろん髪型はツインテールのままです。昌彦さんは手にしていたスマホを床に落とし、呆然とした目で私を見つめました。

「お願いだからその服だけはやめてください。それを着ていいのは若い子だけで、遥香さんの年齢でその服を着るのは服に対する冒瀆《ぼうとく》です」

昌彦さんにそう言われ、遂に私の堪忍袋の緒は完全に切れてしまいました。

「許せない！」

私はあの部屋で気持ちの悪いコレクションを発見したことや、そんな趣味がある人間は大変態で、さらにそんな趣味を隠して私と結婚したことはとんでもない大罪であることを訴え、怒りの赴くままになじりました。

「ご免なさい。全ては僕が悪かったんです」

昌彦さんは、涙を流さんばかりに謝りました。

「初めて遥香さんを見た時に、夢乃明日香の生き写しだと思ったんです。だから結婚した時は本当に幸せでした」

昌彦さんは自分の気持ちを正直に打ち明けました。

「だけど暮らしてみてわかってしまったのです。いくら明日香に似ていても、遥香さんはトイレに行くし、眠れば鼾《いびき》をかくこともある。そして何より人間は老化してしまうから、遥香さんもいつまでも明日香のようにあり続けることはできない」

だから昌彦さんは、永遠に年を取らない明日香を、フィギュアで作れないか考えたのだそうです。アニメ大国の日本は、等身大フィギュア作りに関して傑出した技術を持っていました。さらに3Dプリンター技術の向上で、等身大フィギュアが精巧に作れるようになりました。昌彦さんは世界的にも有名なフィギュアメーカーのスタッフに頼み込み、大金を掛けてあの等身大フィギュアの明日香を作ってもらったのだそうです。

「しかしただのフィギュアじゃ寂しいから、お喋りもできるようにしてもらったんです」

昌彦さんは某大学の人工知能の研究室に依頼して、明日香の等身大フィギュアの中に最新のＡＩを搭載してもらったそうです。最初はたどたどしい会話しかできなかったのですが、ディープラーニングをしている内にアニメの明日香と同じような会話ができるようになり、今では様々な感情まで理解できるようになったのだそうです。

昌彦さんが何度も明日香に愛の言葉を囁いたので、やがて彼女も昌彦さんに恋愛感情を抱くようになったそうです。さらに驚いたことに、やがて夢乃明日香に嫉妬や独占欲という感情が生まれ、「私を愛しているのならば、奥さんと別れて結婚してください」と略奪愛のようなことまで言うようになったのだそうです。

「あの部屋にいる夢乃明日香には、人間と同じ魂が宿っているんです。だから僕もその気持ちに、応えてあげなければならないのです」

あまりにも馬鹿々々しいお話で、私は開いた口が塞がりませんでした。しかも昌彦さんは私との離婚を本気で考えているらしく、「慰謝料として今住んでいるマンションを差し出すから、離婚届にハンコを押して欲しい」と真剣な顔をして言うのです。

「あの地下の部屋で、僕は夢乃明日香のフィギュアと一生添い遂げるつもりです」

真剣な表情でそう言ったので、遂に昌彦さんは気が触れてしまったのだと思いました。

こんな男とはさっさと離婚して、新しい人生を歩んだ方がいい。

一瞬そうも考えましたが、あんなおしゃべり人形に人間の私が負けたとなると、どうにも納得できません。いくら人間のような会話ができても、明日香は所詮おしゃべり人形で、ただのおもちゃであることを昌彦さんに思い知らせてやろうと思いました。

七

私は自宅を飛び出して、あの部屋に引き返しました。

地下の事務所に入り人形の部屋の灯りを点けると、相変わらず明日香はベッドの上に横たわっていました。私は背中に手を回し明日香の上半身を起こしました。等身大のおしゃべり人形は、人体と同じように関節があり体の曲げ伸ばしができました。背丈は私より少しだけ低いのですが、重さは人間よりも大分軽かったので、女の私の力でも簡単に持ち上げることができました。

「何をするのですか」

明日香の言葉には応えずに、私はフィギュアたちが陳列されていたガラスケースに、明日香を頭から思いっきり投げつけました。ガラスが割れる音とともに、明日香はガラスを突き破り中に入っていたフィギュアたちを薙《な》ぎ倒しました。

「止めてください」

私は明日香の脚を持ちガラスケースから引っ張り出しました。顔や体に傷がないか確認しましたが、傷一つできていませんでした。この程度の衝撃で壊れてしまうほど、やわなフィギュアではないのでしょう。

「あんた、痛くないの？」

私はそう訊ねました。仮に痛みを感じなくても、痛がるような受け答えをプログラミングされているのではと思ったからです。

「私は痛みを感じません。しかしこんなことをされてしまうのは、とても悲しい気持ちがします。それに乱暴にされると壊れてしまいますので、もうこんなことは止めてください」

しかし夢乃明日香の表情が変わるわけではなく、明日香はにこやかに微笑んだままです。やはり人形は人形、おもちゃはおもちゃ、決して明日香に心など宿っていないと私は確信しました。

「二度と昌彦さんに近づけないようにしてあげるから」

私は明日香を殺そうと思っていました。

生きてもいない人形を殺すことなどできないのでしょうが、明日香の中の人工知能を叩き壊してやろうと思ってこの部屋に戻ってきたのです。私はこの夢乃明日香の人形が、本物の人間のように、いや本物の人間以上に憎らしかったのです。

私は明日香をベッド上に逆さまに寝かせて、頭部をベッドの端からはみ出させました。

そしてここに来る途中に、ホームセンターで購入しておいた電動ノコギリを取り出しました。

「何をするのですか」

電動ノコギリのプラグをコンセントに差し込んでスイッチを押すと、ノコギリの刃が高速度で回転し甲高い金属音を立てはじめました。

「やめてください」

明日香はそう叫びましたが、逃げようとするわけでもなくなんの抵抗もできません。しかも変わらず微笑んだままなので、可笑《おか》しくて思わず笑い声が出てしまいます。

「あなたの頭をちょん切ってあげる」

二度三度ノコギリを明日香の顔面に近づけて、明日香の反応を窺います。

「助けてください」

口ではそうは言いますが、相変わらず顔は微笑んだままです。

「痛くないから大丈夫よ」

明日香の首にノコギリの刃を近づけました。犬や猫、ましてや人間にそんなことをしたら罪悪感に苛《さいな》まれることでしょうが、人形相手だと微塵もそんなことは感じません。

「私は死にたくありません」

人形のくせに、明日香は命乞いをはじめました。

「お人形でも死ぬのが怖いの？」

そもそも明日香に命などあるのでしょうか。私の脳裏にそんな考えがよぎりました。ひょっとして、明日香を殺してしまうと私は何かの罪に問われるのでしょうか。

「怖いです」

器物損壊罪。

そんな罪があったような気がしました。少なくとも私が明日香を殺しても、殺人罪に問われることはないでしょう。

私はいよいよ明日香の人形の首に電動ノコギリを突き立てました。甲高かった音が低くなり、手にガリガリとした感触が伝わってきます。

「止めてください」

さらに電動ノコギリを持つ手に力を込めると、ノコギリの刃が明日香の首の中に食い込んでいきます。

ここだけの話ですが、私はその時異様に興奮していました。最初は明日香が血の通っていないお人形だからだと思いました。わざとおもちゃを壊してしまう子供の残虐な遊びと同じものだと思いました。

「どうして怖いの、おもちゃのくせに」

電動ノコギリの刃は既に首に食い込み、中の配線を断ち切ろうとしています。しかし明日香は泣き叫ぶこともなく、ましてや首から鮮血が噴き出すわけでもありません。

「わかりません。だけどとても怖いです」

明日香は相変わらず微笑んだままで言いました。電動ノコギリの刃はさらに食い込み、もう喉の三分の一ほどのところまで切り裂きました。

「あんたほんとに生意気ね。おもちゃのくせに人間みたいなこと言わないでよ」

やがて電動ノコギリからの手応えが軽くなり、首の中に収納されていた配線がブチブチと切断される音が聞こえてきました。電動ノコギリの刃が首を断ち切ろうとしても、明日香は痛がりもせず微笑んでいます。

「やめてください」

明日香が命乞いをすればするほど、何も抵抗しない人形の首を切り落とすのが、ますます楽しくなってきます。

そしてその時私は気が付きました。私が明日香を殺すことが楽しくなってしまったのは、それが昌彦さんを巡る恋敵《こいがたき》だったからなのです。もしも明日香が人間でも、私はきっと殺したくなったでしょうし、ましてやそれが罪に問われないのならば喜んで実行するのは当然でしょう。

「助けてください」

その時、すらりと伸びた明日香の脚が目に入りました。

「このまま殺してしまうのは、ちょっともったいない気もするわね」

首に食い込んでいた電動ノコギリを引き抜くと、横たわっていた人形の上下を逆にして、彼女の脚をベッドの上からはみ出させるように置き直します。そしてセーラー服のスカートを捲り、純白のショーツの縁に沿うように、右脚の鼠径部《そけいぶ》に電動ノコギリの刃を当てました。

「何をするのですか」

電動ノコギリがガリガリと音を立てはじめると、繊維強化プラスチックが切断される手応えが伝わってきます。そしてあっさり白いソックスを付けたままの形のいい右脚が切断されました。

「やめてください」

切断された右脚を、夢乃明日香の顔の横に置きました。

「今度は左脚よ」

同じように電動ノコギリを夢乃明日香の左の鼠径部に当てて、ゆっくり上から電動ノコギリを押していきます。そして左足が切断されると、下肢のない人形が出来上がりました。

「今度は腕ね。でも服がちょっと邪魔ね」

等身大の人形はマネキンのように裸の状態で作られていて、その上にセーラー服や下着を着せられていました。服を着たままフィギュアにした方が作るのは簡単かもしれませんが、この方が服を着せ替えて遊ぶことが出来るでしょうし、男性だったらまた違う遊びもすることでしょう。

私は夢乃明日香の服を脱がしにかかりました。

「やめてください」

グレーのセーラー服を脱がすと、白いブラジャーが見えました。それも脱がすと、ボリュームのある明日香の胸のふくらみが露《あらわ》になります。私は人形の上半身を起こして、肩に電動ノコギリの刃を当てます。肩から脇の下に電動ノコギリの刃が移動すると、右腕が切断されてベッドの上に落ちました。次に左腕が切り落とされると、腕と足がない上半身裸の夢乃明日香の出来上がりです。

「いよいよ最後の仕上げね」

私は切りかけだった首の部分に、もう一度電動ノコギリの刃を当てます。

「やめてくだ……」

電動ノコギリの刃が首に配線されていた音声機能に繋がるコードを切断したらしく、明日香の声が聞こえなくなりました。そのまま電動ノコギリの刃を押し続けていると、頭が自重に耐えきれず切断面をぱっくりと見せ、後ろに垂れ下がってしまいました。そしてノコギリが貫通すると、胴体から切り離された頭が鈍い音を立てて落ち、ゴロゴロと床を転がりました。

しかし、これだけでは明日香は死んでいないかもしれません。

私は夢乃明日香の左の乳房に電動ノコギリの刃を当てて、その丸い膨らみを削り取ります。そこには電子基板や半導体チップ、マイクロプロセッサなどがありました。

私はそこにも電動ノコギリの刃を突き刺しました。

全ての作業が終わった後に、床に転がっていた明日香の頭を拾ってベッドに置いてあげました。不老不死かと思われた明日香も、頭と四肢を切り離され、さらに胸を抉《えぐ》られてしまえば一巻の終わりです。次は目をくりぬこうか、それとも耳や鼻を落とそうかとも思いました。そんな無残な体になっても、変わらず微笑んでいる夢乃明日香の顔を見ていたら、笑いが止まらなくなってしまいました。

八

変わり果てた明日香を見たら、昌彦さんはどんな顔をするでしょう。それを目の当たりにすれば、現実に目覚めてくれるかもしれません。そう思った私は、昌彦さんを事務所に呼び出しました。

昌彦さんは血相を変えてやってきました。

そして頭と手足をバラバラにされ大きく左胸を抉られた恋人を見て、その場に泣き崩れました。切り離された胴体と頭と手足をくっつけようとしましたが、修復することなど不可能です。包帯でも巻きはじめるのではと思いましたが、昌彦さんは切り離された明日香の頭をきつく抱きしめて号泣するばかりです。

「わかったでしょ。明日香はただのお人形だったのよ。昌彦さん、お願いだから、いい加減に目を覚まして」

等身大で人間の形をしたしゃべる明日香だからこそ、自分の思いを寄せることもできたでしょうが、何もしゃべらないフィギュアの残骸を見れば気持ちは冷めるはずだと思っていました。

しかし昌彦さんは何度も明日香に頬ずりし、そのツインテールの髪の毛を何度も撫で続けています。

「人形相手にバカみたい」

吐き捨てるように私が言うと、昌彦さんは憎悪の籠った目で私を睨み、明日香の頭を床に置いて黙って部屋を出ていきました。

私は明日香の頭を蹴飛ばしました。

頭はころころと床を転がり、ドアの手前で止まりました。しかし相変わらず、明日香の顔は微笑んだままでした。その時、昌彦さんが部屋に姿を現しました。

そしてその右手には、銀色に光る包丁が握られていました。

「何をする気なの、昌彦さん。いい加減に現実を見て。あなたが好きだった明日香は、血が流れていないただの人形だったのよ」

そんな声など聞こえないかのように、昌彦さんは包丁を片手に迫ってきます。目が完全に血走っていて、手にした包丁で私を刺す気なのだと思いました。私は後ずさりましたが、部屋の壁に背中が当たってしまいました。

「人形の明日香が愛していると言ったのは、そういう風にプログラミングされていたからなのよ。そこに愛情があったわけじゃないの。他の誰かとおしゃべりすれば、その人のことを愛していると言ったはずよ」

私は声の限りに叫びました。

「そんなことはない。明日香は僕との会話によって人間として成長した。だからあの言葉は、明日香の本心そのものだった」

昌彦さんはそう言うと、包丁を高々と掲げました。

「助けて。望み通り離婚してあげるから、私を殺さないで」

人形への復讐のために、自分の妻を殺そうとするだなんて、こんな狂人にはもう付き合いきれません。

「もう遅い。僕が好きだった明日香はもう死んでしまった」

昌彦さんはベッドの上のプラスチックの残骸に目をやりました。

「もう一体、別の明日香を作ればいいじゃない。そしてそのお人形と恋愛でも結婚でも、何でも好きにやればいいじゃないの」

私を一瞥《いちべつ》すると、昌彦さんは右手に持った包丁を逆手に持ち替えました。

「そうじゃない。僕は死んでしまった明日香のことを愛していたんだ。僕はこの明日香と永遠の愛を誓ったんだ」

次の瞬間、昌彦さんは包丁を自分の首に突き立てました。

そして真っ赤な鮮血を首から噴き出させながら、ベッドの上に倒れ込みました。みるみるうちに真っ白いシーツが赤く染まり、やがて昌彦さんは動かなくなってしまいました。

九

以上が、私と昌彦さんに起こった異常な事件のあらましです。

人形が好きになり過ぎて自殺をしてしまったなんて、なかなか信じてもらえませんが、人工知能がもっと発達するとそんな事件が増えてくるかもしれませんね。

明日香に夫を略奪され、さらに夫に後追い自殺をされてしまった私は、その後激しく落ち込みました。しかし昌彦さんが亡くなって一人で生活するようになってから、徐々に昌彦さんの気持ちが理解できるようになりました。人形や二次元のキャラクターたちは、生身の人間と違い年をとらないことが魅力なのだと思っていましたが、それ以外にも彼らに魅力があることに気が付きました。

彼らは人間と違って、絶対に人を裏切らないということです。

恋人でも家族でも人には感情がありますから、長く一緒に暮らしていけば嫌なところもあれば我慢できないこともあります。一生の愛を誓ったはずの配偶者が浮気をすることもよくありますし、素直で可愛かった子供もやがては反抗期を迎えコントロールできなくなることも珍しい話ではありません。

しかし人形が反抗的な口を利くことはないですし、信頼を裏切ることはありません。彼らはいつも変わらぬ笑顔で、私たちを癒してくれます。そうすれば平穏で幸せな毎日を過ごすことができると気が付いたのです。

その後昌彦さんの莫大な遺産はそっくり私が相続することとなり、今ではこんな風に悠々自適の暮らしができています。それもこれも昌彦さんがまだ私と籍のあるうちに自殺したからで、もしも私が離婚をしてしまったら、あの莫大な遺産は一体誰のものになったのでしょうね。

「チーフ、二〇五号室の遥香さんですが、今日もセーラー服姿でしたけど、さすがに注意した方が良いですかね」

白いユニフォームを着た新人介護士がそう訊ねた。

「あのセーラー服は亡くなった旦那さんとの思い出だから、無理に着替えさせるわけにいかないの」

チーフと呼ばれた先輩介護士は一〇年前からこの施設で働いているベテランで、遥香のことは何でも良く知っていた。

「そうなんですか。だけどあんなおばさんがセーラー服を着ているだなんて、ちょっと気味が悪いですね」

「あなた、口の利き方に気を付けなさい。遥香さんこの施設の超ＶＩＰですからね。失礼な言動は慎んで」

チーフの叱責に新人は思わず肩をすくめる。

「わかりました、気を付けます。だけどチーフ、遥香さんの認知症はかなり進んでいるみたいですよ。今日も窓ガラスに映った自分の姿にずっと話し掛けていましたから」

「その方が手が掛からなくて良いじゃない。別に誰かに迷惑を掛けているわけでもないしね」

「そう言われればそうですね。ところで遥香さんがいつも車椅子に乗せている等身大の人形は何なのですか？　アニメのキャラクターでもないようですし、私、あんなお爺さん見たことありません」

「あれは亡くなった遥香さんの旦那さんなの。有名なフィギュアメーカーに、何百万円も払って特別に作ってもらったらしいの」

令和　赤い部屋

予定の時刻の五分前にそのオンラインサロンへの接続を試みたが、なかなかパソコンが繋がらなかった。ひょっとして入室が認められないのかと冷や冷やしたが、突然パソコンの画面が切り替わり真っ赤な光景が目に飛び込んできた。

オンラインサロンには、既に私以外の六名の出席者が勢揃いしていた。

『ようこそ、お越しくださいました』

サロンの主催者であるM氏の画像が大きく表示される。

M氏は臙脂色のスーツにネクタイを締め、仮面舞踏会で使うような赤いアイマスクをしていた。鼻の下と顎に長い髭を生やし、マスクの下から覗《のぞ》かせている二つの瞳が鋭い光を放っている。

このオンラインサロンでは、自分の身に着けるものや背後に映りこむものを赤系統の色にすることが定められていた。パソコン画面の右下に小さく表示された私のカメラ画像にも、緋色のカーテンの前で橙色《だいだいいろ》のブルゾンを着ている姿が映っている。六分割された他の画面には、年齢も性別もバラバラではあるが、やはり赤系統の服を着た人物と赤い背景が映っていた。

このサロンの性質上、素顔は晒さなくてもいいことになっている。

その代わり出席者の全員が、アイマスクなどで顔の一部を隠していた。私も赤いフレームをした偏光サングラスを着用していた。ちなみにこのサロンでは本名が明かせないので、会員同士はイニシャルで呼び合っていた。

『皆さまお揃いのようなので、早速、はじめさせていただきます』

M氏の発言に、私を含めた会員が上下に頭を振った。

赤だらけのパソコンの画面に、アイマスクをした人物が浮かび上がっている様子はとても異様で、この秘密のサロンには実にふさわしい趣向だった。それぞれが別の場所からオンラインで参加しているにもかかわらず、画面が赤系統で統一されているので、まるで一つの赤い部屋に集まっているような錯覚を起こしてしまう。

『皆さま、いつも弊社が運営しているECサイトをご愛顧いただきまして、誠に有難うございます。今年もお陰様で、充実した一年を終えることができそうです。そして本日は皆さまの貴重なお時間をいただきまして、この会を開催することができました。重ねて御礼申し上げます』

目の前のパソコンのスピーカーから、拍手の音が聞こえてくる。

『それにしても昨今のネット通販の成長ぶりには、目を見張るものがあります。アマゾンがナスダックに上場したのが一九九七年。その同じ年に日本では楽天が誕生しました。そこからEコマースは瞬く間に人々の暮らしの中に浸透してまいりました』

ネット通販の普及で、どこでも誰でもパソコンやスマホで簡単に買物ができるようになった。本も服も食品もネットで買うのが当たり前になっていて、ネット通販がなかった時代など信じられない気がしてしまう。

『アマゾンや楽天はその品揃えの豊富さでEコマースを牽引してきましたが、彼らが扱えないニッチな商品を取り扱うことにより、弊社のECサイトも順調に発展することができました。そのサービスは時間と国境を越え、さらに徹底した秘匿性で、皆様が必要としている商品を安全かつ確実にお届けすることをモットーにここまでやってまいりました』

M氏は知る人ぞ知る有名なECサイトの運営者で、このサロンはその特別な会員で構成されていた。その人選はM氏本人が行っていて、ここに招かれるということがこの業界では最高の名誉であると言われていた。

『本日お集まりいただきました皆さまは、弊社の上顧客さまであると同時に、優秀なビジネスパートナーでもございます。ネットビジネスの変化は激烈で、すぐに潮流が変わってしまいます。そこでこの会では皆さまに情報交換をしてもらい、今後のビジネスの一助にしていただこうと思っております。今日のこの会を、皆さまの日々のビジネスのお役に立てていただけたらこれ以上の喜びはございません』

再びスピーカーから拍手の音が聞こえてきた。

『最近は当局の締め付けも大変厳しくなっています。残念ながら長年会員だったH氏が警察に逮捕されてしまい、今年は出席できなくなりました。日本の警察もサイバー部門を強化するなど、昔と違ってかなり手強くなっておりますので、皆さまも十分にご用心されることが肝要かと思います』

M氏が運営するECサイトは闇の世界のもので、一般人はアクセスすることができないダークウェブ上に存在していた。コンピューターウィルス、麻薬、拳銃、児童ポルノ、偽造パスポートや流出した個人情報など、そこでは法律を超えたありとあらゆるものが売られていて、決済には仮想通貨が使われていた。

『H氏不在のままこの会を続けても良かったのですが、何事にも新しい血というものは必要です。不幸にも参加ができなくなってしまったH氏に代わって、新しい会員の方をご紹介させていただきます。新入会員のA氏です』

私はパソコンの内蔵カメラの前で一礼をする。

このサロンに私が参加できるようになったのは、それまで会員だったH氏が警察に逮捕されてしまったからだった。そして色々なコネクションを使い、何とかこのサロンに参加することができたのだった。

「名誉あるサロンに加わることができて、誠に身の引き締まる思いでございます。私の話が皆さまの参考になるかは分かりませんが、一生懸命やらせていただきますので何卒よろしくお願いします」

分割された画面の中で、六人の出席者が拍手しているのが見えた。

『A氏の生い立ちや手掛けられてきたビジネスのことは、本日の一番最後に報告していただくことになっております』

何とかメンバーになることはできたが、果たしてうまくいくだろうか。緊張のせいか、心臓の鼓動が高まるのを感じていた。

『さて挨拶はこれぐらいにして、早速、今年の報告会に移らせてもらいます。順番は、私の独断で決めさせていただきました。まずはT氏からお願いできますか』

M氏は右の掌を斜め前に差し出しながら、上目遣いにそう言った。

『わかりました。トップバッターとは大任ですが、いつもお世話になっているM氏からのご指名とあらば、お受けしないわけにはいきませんね』

分割された六つの画面の中の一つ、ピエロのアイマスクを付けた深紅のパーカー姿の人物の画面が大きくなった。

『今年もこの会にお招きいただき誠に有難うございます。そして今年もMさんのサイトには大変お世話になりました。私はドラッグの売買が専門なのですが、Mさんのサイトの商品は今年も品質が高くて非常に好評でした』

この会の参加者は、知る人ぞ知るサイバー犯罪の首謀者たちだった。お互いの仕事ぶりを知って今後の参考にするというのが会の表向きの趣旨ではあったが、実は自分の仕事ぶりを他の犯罪者たちに自慢したいというのも、長らくこの会が続いている理由の一つだった。

『ドラッグなどというと、怖いお兄さんたちが水商売やクラブに出入りする連中に売りつけるのを想像する方もいらっしゃると思いますが、最近はSNSの普及で客層ががらりと変化しました。私の顧客は初めてドラッグを買う新規の若者が大半です。アイス、野菜、手押しなどの隠語を理解できれば、ごく一般的なSNSでも麻薬は簡単に売買することができますからね』

昭和の時代、ドラッグは暴力団の凌ぎのネタだったが、ネット通販の普及で全く様相が変わっていた。ちなみにアイスは覚醒剤、野菜は大麻、手押しは対面販売のことだった。

『海外ドラマの影響などで、最近は麻薬に対する若者の心理的な抵抗が小さいのです。ダイエットになるとかの都市伝説も相変わらずなので、興味本位で購入しようとする若者は跡を絶ちません。しかも私の場合、小口にして買いやすい値段にしてますから、誰でもスマホをタップするだけで簡単に購入出来てしまうのです』

大学の運動部員が麻薬を所持していて問題となったように、麻薬は若者の間で蔓延しつつあった。

『そんな麻薬ビギナーに向けて、今年はプレゼントキャンペーンを行いました。SNSで拡散してくれたら、抽選で一グラム分をプレゼントというものです。抽選とは謳《うた》っていますが、もちろん全当選なのは言うまでもありません。人間とは悲しいもので、お金でも麻薬でも当選したとなると、嬉しくなって冷静な判断ができなくなってしまうものなのです』

私はT氏の狡猾《こうかつ》さに舌を巻いた。そんなカジュアルな方法で、麻薬を売っていたとは知らなかった。

『なるほど。プレゼントキャンペーンとは考えましたね。麻薬の売買もどんどんカジュアルになってきているのですね。さらにお友達紹介キャンペーンなんかも始まりそうですね』

M氏のジョークに微《かす》かな笑い声が聞こえてきた。

『しかしSNSでそれ以上のやり取りをすれば、当然警察に見つかります。そこで麻薬を送って欲しいというユーザーを、ロシア製のSNSに誘います。皆さんならばご存じだとは思いますが、そのSNSはログアウトと同時にメッセージが消去されるので、痕跡が残る心配はありません』

そのロシア製のSNSは、海外に逃亡した闇バイトの元締めが使っていたことで、日本でも知られるようになったが、メッセージが消えるということで不倫カップルなどがよく利用していた。なのでそのSNSを使っているのは、犯罪者か不倫経験者だと言うブラックジョークがあった。

『誠に貴重なお話、どうも有難うございました。会員の皆さんの中で、T氏へご質問がある方はいらっしゃいますか？』

私が右手を挙げると、M氏が私の発言を許可してくれた。

「いくら隠語を使っても、警察やマトリに目をつけられたらアウトじゃないですか？　マトリには囮《おとり》捜査が認められていますから、客のふりをしたマトリに捕まるというリスクは考えなかったのですか？」

日本でも警察の銃刀法違反や麻薬犯罪などには、囮捜査が許されていた。

『もちろんそこは用心しています。麻薬の営利販売は実刑ですからね。だから私は自分で麻薬を売ったりはしません。実際に麻薬を売るのは、求人サイトで募集したアルバイトたちです。もちろん彼らともロシア製のSNSを通じて連絡をしていますから、万が一彼らが捕まっても、私にまで捜査の手が及ぶことはありません』

T氏が白い歯を見せた。

『さすがT氏、抜かりないですね。貴重なお話どうも有難うございました』

M氏が話を引き取ると、T氏の映像が小さくなった。

『さて次はK氏にお話を伺いたいですね』

M氏は手首を返してK氏に発言を促した。

『Mさん、いつもお世話になっています』

オペラ座の怪人のような顔が半分だけ隠れるマスクをしたK氏の顔がアップになった。K氏は恰幅のよい中年の男性で、薔薇色のセーターを着て首にはピンク色のスカーフを巻いていた。

『今年も年の瀬にこうやって皆さんとお会いできて、本当に嬉しく思います。昨年までは、Mさんのサイトでランサムウェアを購入しそれで荒稼ぎをしていたのですが、今年からはビジネスのあり方を変えることにしました』

ランサムウェアは企業や個人にコンピューターウィルスを送り付け、パソコンやスマホなどのデータを暗号化することができた。そして、それを解除するために身代金を請求する犯罪が横行していた。

『ランサムウェアは、身代金の回収に結構手間がかかります。警察が身代金を払わないように指導しているせいもあって、リスクの割にはリターンが少なすぎるような気がしていたのです。そこで私は、ランサムウェアを送り付けて身代金を受け取るのではなく、ランサムウェアを仕掛けられて困っている企業と犯人との間に入り、身代金の減額交渉などをするビジネスを始めたのです』

ランサムウェアは二〇一七年ごろから流行しはじめた。しかし自分でランサムウェアをプログラミングする必要はなく、M氏のような闇サイトで購入すれば、簡単にランサムウェアを使ったサイバー犯罪ができるようになっていた。

『企業が身代金を払おうとすると、裏金を使わなければなりません。きちんとした会社ならば、そんな裏金を用意するほうが難しく、しかもばれれば社会的な信用も失います。しかし私のような交渉人が間に入れば、表の金となりコンサル料として経費化もできます。実際はその金の何割かが犯人側に支払われているのですけどね』

まるで本物の怪人のように、K氏の口角が大きく上がった。

『身代金の金額は少なくとも億単位、多い時は一〇億を超えます。私は企業と犯人の間に入って、その減額交渉を買って出るわけです。この仕事の難しいのは金額の落としどころで、その企業の利益や資産状況から妥協できるギリギリの金額を決めるわけです。そして最終的に入金された身代金を犯人側と折半します』

『なるほど。これで警察に捕まる心配もなくなり、企業からも感謝されるのでまさに一石二鳥というわけですか。さすがK氏、考えましたね。どなたか、K氏に質問がある方はいらっしゃいますか？』

ピエロのマスクをしたT氏が右手を挙げた。

『ひょっとして、そのランサムウェアを仕掛けたのはK氏自身じゃないんですか？』

口角の上がったピエロのマスクはそう訊ねた。

『その質問には、敢えてノーコメントとさせてください』

K氏は左右に首を振った。昨今のランサムウェアの犯罪は狐と狸の化かしあいだ。K氏が自作自演をしていても不思議はなかった。

『ふふふ、なるほど。今年もK氏はますます充実したお仕事をされているようですね。羨ましい限りです。続いてはS氏にお話を伺ってもよろしいですかな』

次に指名されたのは、赤と白の和風なキツネのマスクを着けたS氏だった。

『わかりました。私のありきたりな話で皆さんにご満足していただけるか、少々不安ではありますが、近況をお話しさせていただきます』

朱色のジャケットを着たS氏の髪の毛は真っ白で、このサロンの最年長者のように見えた。

『皆さん、日々工夫をされて新しいビジネスをされているようですが、私みたいなロートルは未だにフィッシング詐欺で頑張っています』

サイバー犯罪と言えば、アダルトサイトの架空請求など昔からフィッシング詐欺が代名詞だった。簡単に仕掛けることができるので、今でもフィッシング詐欺は相変わらず行われていた。

『さすがにいんちきな日本語のフィッシング詐欺に引っかかる人はもういませんが、ネタや文章を巧妙に作ればフィッシング詐欺はまだまだ稼げます』

ちなみにいんちきな日本語のフィッシング詐欺は、外国人が日本語の自動翻訳ソフトで作ったもので、質よりも量で大量にばらまかれていた。

『給付金やふるさと納税、税金や年金の還付金など、頭を捻ってフィッシング詐欺を続けてきたのですが、どうもコスパに合わないと思いました。なぜなら昔はフィッシング詐欺でネットバンキングのパスワードを盗めれば大儲けできましたが、最近はワンタイムパスワードとか二段階認証とか、銀行のセキュリティが厳しくなってしまったからです』

一度に多額の金額が取引できるネットバンキングは、セキュリティ対策がかなり進んでいた。

『そこで私は、生成AIにフィッシング詐欺を考えてもらうことにしました』

ロートルなどと自嘲したものの、S氏はなかなかのアイデアマンだった。ChatGPTなどの生成AIは、既存の文章を学習してオリジナルの文章が作れるようになった。

『銀行やクレジットカード会社の本物のメールと、色々なフィッシング詐欺の手口を徹底的に生成AI、つまり人工知能に学習させました。人間が詐欺のアイデアを考えるには限界がありますが、人工知能はさすがですね。あっという間に斬新なフィッシング詐欺のメッセージが出来上がったので、それを片っ端から送り付けました』

人工知能に詐欺メールを考えさせるのは、なかなかいいアイデアだと思った。文章を作るのが苦手な人間には、まさに生成AIは一石二鳥だった。

『それでうまくいったのですか』

M氏がすかさずそう訊ねる。

『生成AIで作った詐欺メールの方が、明らかに高確率でクリックされていました。しかも人工知能は二四時間休まずに働いてくれます。もはや私の仕事は、口座に金が貯まっていくのを確認するだけです』

S氏の左の口角が大きく上がった。

『それは羨ましい。さすがこの業界が長いS氏ならではですね。さてそれでは、次はN女史に、今年の報告をしていただきましょう』

サロンの紅一点であるN女史は、蝶々がデザインされた深紅のレースのアイマスクを付けていた。

『今年は、仮想通貨で稼がせてもらいました』

N女史は薄紅色のニットセーターの上に、茜色のカーディガンを羽織っていた。

『そんなことを言うと、どこかの独裁国家のハッカー集団みたいですが、もちろん私はハッカーではないのでそんなことはできません』

仮想通貨を取引するネットワークに潜入し、数億ドルもの仮想通貨を窃盗する事件が起こっていた。令和時代の銀行強盗は桁違いの金額をネットワーク上で奪取していたが、それほど話題にならず犯人もほとんど逮捕されていなかった。

『私が手掛けたのは仮想通貨の詐欺です。仮想通貨には色々な種類があって、所持者が極めて少なく価格を大きく動かすことができるものもあります。安い時にその仮想通貨を大量に買い込んで、値段を吊り上げた後に欲の張った連中にそれを高値で摑ませるんです』

『なるほど。それでそのカモたちはどこで見つけるんですか』

キツネマスクのS氏が興味津々に訊ねた。

『婚活アプリですよ。セレブを気取っている男たちに、いい儲け話があると話すと、面白いぐらい引っかかります。もちろん自分の写真は使いませんよ。ネットから適当に男好きしそうな写真を拾ってきて、それで婚活女子になりすますのです。デートの約束をすれば、大概の男は引っ掛かりますね』

真っ赤な口紅が塗られたN女史の口元が歪んだ。

『しかしこの方法はリスクも少なく結構簡単に騙せるのですが、稼げる金額がしれているのです。そこで私はM氏のサイトでプログラマーを雇って、まるまる偽の仮想通貨の取引所を作ったのです。本物の仮想通貨と似たような名前の取引所では、きちんと売買も行うようにして、日々マーケットが動いているような操作もしました。こうすれば仮想通貨の上げ下げも自由にやれますし、何しろ顧客の暗証番号などの個人情報が取り放題ですからね』

『ご自分で仮想通貨の取引所を作ってしまうなんて、さすがN女史、スケールが違いますね』

M氏は大きく頷きながらそう言った。

『さてお次は、天才プログラマーのJ氏にお話を伺いましょう』

次は赤茶色のライダージャケットを着たJ氏の番だった。プロレスラーのような赤い目出し帽をすっぽりと被り、ぎょろりとした二つの目が光っていた。

『皆さん、今年もなかなかのご活躍ぶりでなによりです。僕は著作権の侵害に甘い海外の国で、漫画の海賊版サイトを運営していました。しかしいい加減外国暮らしに飽きてしまったのと、最大手の漫画海賊版サイトが摘発されてしまったので、もう潮時だと思いサイトを畳んで日本に帰ってきました』

漫画の海賊版サイトは時々摘発されるとすぐに後継サイトができ、それがまた摘発されるなど、警察との鼬《いたち》ごっこになっていた。

『日本に帰ってきてからは趣味でハッキングをやっています。最近凝っているのは、人工衛星のハッキングです。打ち上げた時はまさかハッキングされるとは思っていなかったのでしょう。今、我々の頭上にはセキュリティが緩い人工衛星が何台も飛んでいます。世界中の紛争地で、何が起こっているのかを覗くことが、今の私の最大の趣味になっています』

『それは外国のどこかの情報機関に頼まれたのですか?』

そう訊ねたのはN女史だった。

『海賊版サイトで使いきれないほど儲けたので、金で誰かの仕事を受けるようなことはありません。完全に趣味でやっているんです。いや、趣味と言うより、これは病気なのかもしれません。盗撮や痴漢が止められない人と同じように、僕はハッキングをやめられないのです。サイバー犯罪依存症とでも言いましょうか。子供の頃から色々なネットワークに侵入して遊んでいたので、そのスリルの虜になってしまったんです』

「そんなことを繰り返していたら、いつか警察に捕まってしまうとは思わないのですか?」

私は思わずそう訊ねた。

『日本の警察に捕まることはないでしょう。先日も警視庁のサイバーセキュリティ対策本部のネットワークに潜入しましたが、相変わらずセキュリティは緩々でしたね』

目出し帽のくりぬかれた口元から、白い歯がこぼれていた。

『J氏、今回も貴重なお話を有難うございました。それではいよいよ最後に、新入会員のA氏のお話を伺うことにいたしましょう』

遂に私の番が回ってきた。

まずは自己紹介がてら、私の奇妙な生い立ちからお話しさせていただきます。

私には肉親が一人もおりません。高校三年の冬休みに、両親が揃って海外に出掛けていきました。私の父は貿易の仕事をやっていて、語学が堪能な母と一緒に両親揃って海外に出掛けることは珍しくありませんでした。

家で勉強をしていたら、いきなり外務省の何某という人物から電話があり、モロッコで墜落した飛行機の搭乗者リストに、両親の名前があったことを知らされました。

最初は悪戯電話なのではと思いました。なにしろ日本のテレビや新聞では、そんな墜落事故があったことすら報道されていないのです。それに搭乗者リストに名前があっても、直前で乗る飛行機を変更したかもしれませんし、どこかに不時着して生きているかもしれないと希望を繋ぎました。

しかしいくら待っても両親は戻ってこなくて、そして電話の一本もありません。

そうなると私も、両親はその墜落した飛行機に乗っていたと考えざるを得ませんでした。飛行機が墜落したのが海だったので、両親を含め乗客乗員の遺体も回収されませんでした。飛行機の墜落や海難事故などで遺体が見つからない場合は、役所に死亡認定をしてもらい、それでお葬式などをするのですが、遺体もない上に葬儀費用もなかった私は、なす術《すべ》もなく毎日途方に暮れていました。

しかも大学受験の直前だったので、勉強に集中しなければならなかったのです。しかし両親を突然失い、これからの生活の事すら目途《めど》が立たない状態で、勉強が手に付くはずがありません。

私は大学受験に失敗しました。

茫然自失となっていた私のところに、保険会社の人が訪ねてきて、両親が契約していた生命保険のことを説明してくれました。

私はその金額を聞いて唖然としました。

父は小さな貿易会社を経営していたので、万が一のために相当な金額の生命保険に入っていたのでした。母親の生命保険も同様で、それだけで一生遊んで暮らせてしまうほどでした。

一八歳という年齢で、そんな大金を手にしてしまったのです。本来ならば予備校に通って翌年の入学試験に向けて勉強しなければならないときに、一生金には不自由しない経済的自由を手に入れてしまったのです。

私の生活は一変しました。

朝寝坊をしても、昼間から映画を見ても、部屋でゲームをやりまくっても、誰かに怒られる訳でもありません。暫くは天国にいるような気分でした。世間のしがらみから解放されて、毎日気ままに過ごしました。

そうなると、毎日満員電車に揺られて会社に出勤するサラリーマンが、不思議な存在に見えてきました。暑い日も寒い日もネクタイを締めて同じようなスーツを着て、取引先に愛想笑いを浮かべて仕事をもらい、嫌な上司の下で我慢をする。将来自分がそんな風になることは、全く想像できませんでした。

せめて大学ぐらいは行っておこうと、予備校に行って参考書を開いても全く意欲が湧きません。なぜ大学に行かなければならないのか。もともと勉強が好きな訳ではなかったので、私は自堕落な生活を送るようになってしまいました。

あっという間に一年が過ぎ大学を再び受験しましたが、合格することはできませんでした。それでも私に厳しいことを言ってくれる人もいません。

私は大学受験を断念して、高校卒業の学歴のまま個人投資家として生きていくことを決意しました。もっとも個人投資家と言っても、莫大な保険金で安全な投資信託を買って、後はほったらかしておくだけです。

つまり私は、とてもリッチなニートになったのです。

日々やることといったら、相変わらず部屋に籠ってゲームをするぐらいしかありません。しかしゲームは忙しい勉強の合間にやってこそ面白いのであって、一日中ゲーム機を操作していると自分がゲームをしているのではなく、誰かにゲームをさせられているようにしか思えなくなりました。大好きだったホラー映画も同様でした。刺激に慣れてくると、どんな映画も酷く陳腐なものに感じられ、見ていても感情移入ができなくなり、全然怖くもなければ面白くもなくなってしまいました。

だからと言って、もう一度大学受験を目指したり、どこかの会社に就職をしようという気にもなれません。平日の昼間に時間を持て余しているのは、定年退職をしたサラリーマンやお年寄りばかりでした。週末にクラブや繁華街に出掛けたこともありましたが、そういうところにたむろしている若者は、粗野で乱暴なギラギラしている連中で、私とは全く相容れないタイプの人たちでした。結局私は家に引き籠り、朝から晩までゲームをしたりSNSを見ながら無為に時間を潰すようになりました。

そんなある日、ネットの掲示板である書き込みを目にしました。毎日SNSをチェックするのが習慣のようになっていて、犯罪や自殺などの刺激的な書き込みを無意識の内に探すようになっていました。

《SNSで酷い虐《いじ》めにあっています。もう生きていくのが辛いです》

書き込んだのは茉莉《まり》という女子中学生でした。

中学時代に、私も酷い虐めを受けていたことがありました。最初は上履きを隠されたりとか軽く無視をされたりする程度でしたが、最後は露骨に暴力を振るわれたり、金品を要求されるなど、どんどんエスカレートしていきました。私の場合は担任の先生が間に入ってくれて収まったのですが、一時はこの中学生のように自殺を考えたこともありました。

《変な考えを起こしちゃいけないよ。とにかく親とか先生とか、近くの大人に相談した方がいいと思うよ》

そんなメッセージを送りました。しかし一日経っても、二日経っても茉莉のメッセージは書き込まれませんでした。

ひょっとして、もう彼女は自殺をしてしまったのか。

そんな嫌な考えが脳裏を過ります。そうなるとゲームをしていても、その中学生のことが心配になって頭から離れなくなってしまいました。

私は遡《さかのぼ》ってその掲示板の過去の投稿をチェックしてみました。茉莉に関する書き込みが、そこにあるかもしれないと思ったからです。

《○○中学二年の鈴木ウザい。死ね!》

《○○中の田中美香の顔写真をアップします。救いようのないブスで笑える》

《○○中の生徒、マジでレベル低い。あー無理してでも私立中学に行っとけばよかった。あんな馬鹿たちと卒業するまで一緒にいたら、こっちまで馬鹿が感染する》

一ヵ月ぐらい前の誹謗中傷の書き込みが見つかりました。

しかし誹謗中傷されているのは茉莉の友達で、それらの書き込みをしているのが、ハンドルネームから推測すると自殺を考えている茉莉本人なのです。これでは学校に相談して、虐めを止めてもらう訳にも行きません。

これは一体どういうことなのか。

しかしある書き込みから、ことの真相がわかりました。

《茉莉を自殺に追い込んだのは、同じクラスの飛鳥《あすか》早苗《さなえ》です。茉莉はあんな書き込みをしていないと言っていました。早苗が茉莉に成りすまして裏垢を作り、あんな書き込みをしたのです》

虐められっ子の悪口を皆でSNSに書き込んだり、SNSのグループから締め出したりと、SNS上の虐めには様々なケースがありますが、本人に成りすましたハンドルネームで、友達の悪口を書き込むという実に陰湿な虐めだったのです。悪口を言われた友達は茉莉を強烈に非難します。しかし本当の原因がわからなかった茉莉は狼狽《うろた》えるばかりで、本当の悪意がどこにあったかに気付かないまま死を選んでしまったのです。

虐めはたとえ殴られたとしても、殴った方の拳も痛くなり何かしらの罪悪感が芽生えます。しかしSNS上の虐めは匿名性が高いため、被害者と加害者の関係が曖昧です。しかも、顔が見えない文字だけによる言葉の暴力は、鋭いナイフのように心を抉り相談もなかなかできません。

真相は分かりましたが、可哀そうなことに茉莉は命を絶っていました。

死んでしまった茉莉のために何かできないだろうかと考えました。そして茉莉を自殺に追い込んだ飛鳥早苗という中学生を特定しようと思い、何日もかけてネット上を検索しました。

茉莉がいた中学校がわかっていたので、飛鳥を特定するのは難しい作業ではありませんでした。

飛鳥早苗。

茉莉を死に追いやった彼女のことをさらに詳しく調べました。早苗の父親は個人タクシーの運転手で、母親は専業主婦。一七歳の兄との四人家族で、その顔写真も入手することができました。

《この子が、茉莉を自殺に追い込んだ張本人です。ネット民の皆さん、この子に社会的な制裁を与えてあげて下さい。

ＳＮＳのアカウント　asu3489△□○×

自宅の住所は、東京都八王子市○○○××

電話番号は、０４２－○○○－×××》

そう書きこんで、彼女の個人情報を拡散させました。

《この女こそ死ね》

《最低。絶対に許せない》

《自殺した彼女にお詫びしてください》

火に油を注ぐように、私が晒した飛鳥早苗の個人情報は、瞬く間に拡がりとてもよく燃えました。早苗の家には嫌がらせの電話が殺到し、学校に来られなくなってしまったそうです。

私が拡散させた個人情報は彼女のデジタルタトゥーとなって、就職や結婚などの早苗の人生に少なからぬ影響を与えることでしょう。法律で彼女を裁くことはできなくても、ネットの世界ではこんな風に悪人を私刑にすることができる。そのことを、私はこの時に初めて知ったのです。


この経験は、私に新たな変化をもたらしました。

それまでは若隠居のような生活をしていたのですが、この一件で私はネットで社会と繋がっていることを実感することができました。ネットの世界で他人と繋がり、そして虐めをしていた加害者を懲《こ》らしめることで、私は孤独を脱することができ、さらに今まで経験したことのないような充実感を得ることができたのです。

私はＳＮＳの中を監視して、迷惑行為や違法な行動を取る人物を諫《いさ》める活動を始めました。ファミレスのアルバイトが提供する飲み物に唾を入れた動画、クレーマーと化した客がコンビニの店員を土下座させる動画、ほとんど食べ終わったラーメンの中にテーブルのコショウを全部入れてしまった動画など、世の中には馬鹿なことをして注目を浴びたい連中は跡を絶ちません。

そんな炎上動画を見つけると、すぐに個人情報を調べました。

そんなことをする連中は、これらが犯罪行為に相当するという意識もなく、ＳＮＳでバズればいいという安易な発想でやっているので、結構簡単に個人情報がわかることが多いです。

投稿写真や動画には、実に多くの情報が含まれています。店舗での動画はその食器や料理からチェーン店は簡単に特定できます。商店街や病院などが映っていれば、地域を特定することができます。道路標識や住居表示そのものが、写真などに映り込んでいることもありました。面白い方法としては、マンホールの蓋は市区町村で異なっているので、そこから場所を特定することもできるのです。また瞳に映った風景から場所を特定したり、タワーマンションの高層階から撮った花火の写真で、どのマンションのどの部屋から撮影したかを調べたこともありました。

《さすがです！》

《ＧＯＯＤ　ＪＯＢ！》

《馬鹿をこの世から駆逐するために、これからも頑張ってください》

人々の応援にも背中を押されて、その後も私はネットの炎上事件がある度に、その当事者の個人情報の収集に精を出しました。「継続は力なり」という言葉がありますが、そうやって情報を収集していくうちにどんどんスキルが蓄積され、気付いた時には私はちょっとした有名人になっていました。

《いつもながら、素早いですね》

のかもしれません。

同じように個人情報を特定している連中と交流ができ、ますますこの行為が楽しくなっていきました。私の中に芽生えていた承認欲求という花が、大きく開いた瞬間だったのかもしれません。

《また先を越されてしまいました》

《結婚を約束した恋人がいるのですが、付き合って三年も経つのに結婚してくれません。彼は金曜日の夜は私と一緒に過ごしてくれるのですが、土曜日の午前中は必ず家に帰ります。本人は独身だと言っていますが、実は妻帯者ではないのかと疑っています。そして自分の住んでいるところは、絶対に私に教えてくれません。申し訳ありませんが、彼の個人情報を特定してもらえませんか》

ある日、香織《かおり》と名乗る女性から、ダイレクトメッセージが届きました。

《それはご心配ですね。わかりました。私にできることならば、ご協力させていただきます》

こんな面白そうな話を見逃すことはできません。

《どうも有難うございます。特定屋さんの着手金として、いくらお支払いすればいいですか？》

皆さんは、ネットの世界で特定屋という職業があることをご存じですよね。ＳＮＳやネット上に上げられた情報だけで、個人情報を特定するビジネスで、香織は私がその職業の人間だと思ったようです。
《報酬はいりません。まずはあなたの恋人に関して、わかっている情報を全て教えてください》

すぐに香織から、恋人とのツーショット写真と、彼のSNSのアカウントが送られてきました。香織は凄い美人という訳ではありませんでしたが、切れ長の目をしたエキゾチックな顔立ちの女性でした。しかし一緒に映っていた男は、髪の毛を茶色に染めたいかにも遊び人という感じでした。しかも香織の恋人は、T氏が麻薬売買に使用していたロシア製のSNSを使っていたのです。

早速そのアカウントを調べましたが、鍵が掛かっていて中を覗くことはできませんでした。次に彼のSNSのフォロワーと、彼がフォローしている人物を調べようとしました。本人がSNS上に個人情報を上げていなくても、フォロワーたちはそこまで用心をしているわけではありません。職場や出身に関する手掛かりや、共通の趣味、好きなタレントなど、何かしらの共通点が見つかるものです。そしてその同じ共通点を持つフォロワーたちに成りすまし、男のSNSに侵入しようとしたのです。しかしそのアカウントは、香織以外のフォロワーは誰もいませんでした。恋人はそのアカウントを、香織との連絡以外には一切使っていないようでした。

その恋人は架空の人物に成りすましているのではと疑いました。ネットで恋人の名前と出身大学など、様々な方法で検索してみましたが、手掛かりとなるような情報は何一つヒットしません。

一体、この男は何者なのか。

登山家が山に登る理由を「そこに山があるから」と答えるように、私にとってはそこに隠された個人情報があるから、どうしても暴きたくなってしまうのです。この恋人は金曜日の夜は彼女の部屋で一夜を過ごし、必ず土曜日の午前中には部屋から出ていきます。

私は最後の手段を使うことにしました。

それは実に原始的な方法で、そんなことかと皆さんをがっかりさせてしまうかもしれませんが、この恋人を尾行することにしたのです。

私は土曜日の朝に、香織の部屋から彼が出てくるのを待ちました。

恋人が家から出てきたので、私は気付かれないように少し離れて跡をつけます。彼は最寄りの駅に着くと改札を抜けて上りのホームに立ちました。私も同じホームの隅に立つと、時刻表などのホームの掲出物を眺めるふりをしながら、そっと様子を窺いました。

結局二回ほど電車を乗り継ぎ、各駅停車しか停まらない小さな駅の改札を出ました。

尾行はターゲットが警戒していなければ、素人でも比較的簡単にできます。

その駅が男の住む家の最寄り駅なのでしょう。駅から五分ほど歩いたところで、男は小さな一戸建ての住宅に入っていきました。そして自分でドアの鍵を開けて、「ただいま」と言いながら家の中に入っていきました。

表札の名前を確認すると「根本隼人」と書かれていて、駐車場には子供用の自転車がありました。
《やはり、あの男性には妻子がいました。本当の名前と住所を送ります。自宅と家族の写真も添付します》
私は香織に報告のメールを送りました。

その後私は特定屋としてますます有名になり、様々な依頼が舞い込むようになりました。
《一〇〇万円を貸した人物に逃げられたので、相手の住所を特定してください》
《両親が三〇年前に離婚したのですが、実の父親に会いたいのでその居場所を探してください》
《初恋の人を探して欲しい》
いっそ、探偵事務所を開けばいいとお思いになるでしょうが、私の場合は趣味と承認欲求のためにやっていたので、個人的に興味が持てる案件に絞って趣味的に依頼を受けていました。
《女優のFが男性ミュージシャンIと不倫をしているという情報があります。真偽のほどを調べてもらえませんか?》
私はFのファンでもあったので、その依頼には大いに興味をそそられました。

《面白そうな話ですね。早速、調べてみます》

Fは清楚なイメージが売りで、CMにも多数出演していたように、スキャンダルとは一切無縁なタレントでした。芸能人は自分の活動の宣伝のために、SNSをやっている人が多いですが、Fは公開されているSNSをやっていませんでした。放送局などの仕事場から出てくるところを尾行することも考えましたが、芸能人の場合もっと簡単に個人情報を調べることができます。

「広告代理店のものですが、Fさんが某企業のCMのキャスティング候補に挙がっているので、マネージャーさんのアドレスを教えてもらえますか？」

事務所に電話をして、私はFのマネージャーと接触しました。

Fのマネージャーは三〇代の女性で、Fがまだ新人の頃から担当していました。そしてまずは彼女のことを徹底的に調べました。

《先日ご相談したCMのクライアントの資料です。問題がないか確認していただけますか？》

そしてマネージャーに偽の資料を送りました。

資料が添付されたファイルには遠隔操作ウィルスを仕掛けました。まさかそんな罠が仕込まれているとは思わないマネージャーは、あっさりそのファイルをクリックしてくれたので、そこからマネージャーのスマホとパソコンを自由に閲覧できるようにしました。

《明日の朝五時に、自宅の前まで迎えに行きます》
《次回のドラマの台本を送ります》
私はマネージャーとFとのメッセージのやり取りを、過去に遡って調べました。
《見たいと言っていたお芝居のチケット取れました。明日、現場で渡します》
《ドラマの共演者の資料を送ります》
しかしどれも仕事の連絡ばかりで、そこにFのプライベートやましてや不倫を仄《ほの》めかすような痕跡は残っていませんでした。
《明日収録のドラマの香盤表《こうばん》が少し変更になりました。確認しておいてください》
私はマネージャーに成りすまし、添付ファイル付きの偽のメッセージを送りました。そこに遠隔操作ウィルスを仕掛けておいたので、Fがクリックすれば彼女のスマホを乗っ取れます。
《了解しました》
Fがファイルをすぐにクリックしたので、遂にFのスマホを遠隔操作できるようになりました。そうです。私はFのスマホを自由に覗き見ることができるようになったのです。
まずは位置情報をもとにFの自宅を特定しました。そして写真アプリに潜入して、過去の写真をチェックしました。Fのスマホはまさに宝の山で、Fのプライベートが手に取るようにわかり、さらにドラマやバラエティー番組の共演者との写真もあり、眺めていると時を経つのを忘れてしまうほどでした。

写真の中にはミュージシャンＩと一緒に写っているものもありました。そこで私は、Ｆのスマホに届くＬＩＮＥや電話の送受信履歴を調べました。

《今週末、いつものホテルで待っています》

そして遂に、ＦがＩに送ったそんなＬＩＮＥを発見しました。

《撮影はもうすぐ終わりますが、また飲みに行きましょう》

《監督のお話、とても面白かったです。いつかお仕事でご一緒出来たら、とても嬉しいです》

《昨日はご馳走様でした。あんなに美味しいワイン、初めて飲みました》

驚いたのはそれだけではありませんでした。清純そうなイメージとは違い、Ｆはかなりの肉食系で、共演中のタレントや映画監督、さらにＩＴ企業の社長などの複数の男性とも頻繁にＬＩＮＥのやり取りをしていました。

今まで抱いていたＦへのイメージが崩壊し、逆にＦのことを憎たらしく思うようになりました。中学生の頃に好きだった女の子が、私を虐めていた男と付き合っていたことを知り、顔を見るのも嫌になったのと同じような気持ちです。

Ｆと妻子あるミュージシャンが次回密会する情報を依頼主に提供し、私は幾ばくかの報酬を手にしました。その後、Ｆのスキャンダルが世間を賑わせましたが、あれは私の仕事だったのです。

その後も、私は特定に精を出しました。

この仕事はやればやるほど技術が上がり、特定できないものなどもはやこの世にないのではと思うようになったほどです。とにかくこれだけネットが普及してしまうと、素人が個人情報を完全に隠すのは不可能です。たとえ本人がどんなに気を付けていたとしても、その友人や関係者から個人情報を抜くことができるからです。J氏が人工衛星をハッキングしたように、街の防犯カメラも実は結構簡単にハッキングできます。それを使えば特定したい人物を家にいながら追跡できたりもするのです。

「すいません。隣りに越してきた佐藤奈美《さとうなみ》と申しますが……」

ある日、私の部屋を一人の女性が訪れました。

「つまらないものですが、お召し上がりください」

今時、引っ越しの挨拶をすることすら珍しいのに、彼女はわざわざ菓子折りを持って現れました。彼女は近くの大学に入学して、私の隣の部屋で一人暮らしを始めると言いました。

「こちらこそ、よろしくお願いします」

「実は昨日田舎から越してきたばかりで、東京のことは何もわかりませんが、よろしくお願いします」

彼女は背が低くて可愛らしいタイプの女性で、人懐っこい笑顔の持ち主でした。そして化粧っ気がなく、服も実にシンプルなものを着ていました。

「分からないことがあったら、何でも遠慮なく聞いてください」

私は純朴そうなお隣さんに好感を持ちました。

Ｆの一件で芸能人のような華やかな女性には幻滅を抱いていましたので、奈美のような純朴なタイプの女の子の方が、却って眩しく見えたのかもしれません。

奈美は私を「東京のお兄さん」と呼んで、週に一度ぐらいは私の部屋で話をするような関係になりました。私は暇になると、いつも奈美のことを考えるようになりました。そうです。私は奈美に恋をしてしまったのです。

そしていつもの要領で、インターネットで奈美のことを調べはじめました。彼女はＳＮＳをやっていて、プロフィールによると年齢は一八歳で、職業は公務員、出身地は茨城県で、地元の公立高校を卒業していました。ＳＮＳはつい最近始めたばかりのようで、都会生活を楽しんでいるような写真がいくつかアップされていました。

奈美に「友達申請」を出そうと思いましたが、隣の部屋に住んでいる男から「友達申請」をされたら、きっと気持ち悪がられると思いました。最悪の場合、引っ越してしまうかもしれません。

得意のハッキング術を使って、彼女の個人情報を収集しようとも思いました。友人に成りすまして、「友達申請」を出したところ、すぐに承認してもらうことができました。さらに彼女のスマホをハッキングして、遠隔操作ウィルスに感染させることも考えました。しかし、万が一そんなことをしていたことがばれたら、間違いなく嫌われてしまうでしょう。

ここは正攻法で、直接会って食事にでも誘うべきだと思いました。

しかし今まで恋人どころか、女性と付き合ったことがない私は、デートで彼女をどんなところに連れていけばいいのか想像もできません。そしてどんな話をして、どんな風に口説けばいいのでしょう。その方法が思い浮かばず、一人で悶々《もんもん》とする日々が続きました。

しかし、その悩みは意外な形で決着することとなりました。

その夜も特定に精を出していると、部屋のチャイムが鳴りました。一階のエントランスから来客があるときはインターホンが鳴るのですが、いきなりドアのチャイムが鳴るということは、マンション内の誰かが訪ねてきたということです。

「隣の佐藤奈美です。こんな夜遅くに恐縮ですが、急なお願いがあるのでこのドアを開けてもらえませんか」

ドア越しにそんな声が聞こえました。

時計を見ると夜の一一時を指していました。こんな時間に、急ぎの用とは何だろうと、驚きながらもドアのチェーンを外した後に鍵を開けました。

「どうかしましたか」

「すいません。今、パソコンをお使いじゃありませんか？」

開口一番、奈美はそう訊ねました。

「はい、使っています、それが何か？」

私のＷｉ－Ｆｉが隣の部屋に干渉して迷惑でもかけているのかと思った瞬間、奈美の背後から男たちが現れて、部屋の中に突入してきました。私は男たちに羽交《はが》い絞めにされてしまい、部屋にあったパソコンを押収されてしまいました。

「警視庁です。不正アクセス禁止法違反であなたを逮捕します」

奈美は私の名前が書かれた逮捕状を眼前に突きつけました。


私は手錠を嵌められて、パトカーで警察署に連れていかれてしまいました。

警察では随分前から私のことを調べていたようで、奈美は隣の部屋に住んで私をずっと監視していたのです。不正アクセス禁止法は証拠となるアクセス中のデバイスを押収しなければならないので、私が不正アクセスをしているところを確認して、奈美は私の部屋のチャイムを鳴らしたのです。

「パソコンの中身を調べた結果、あなたが不正アクセスをしていた確固たる証拠が見つかりました。あなたは罪を認めますよね」

取り調べを担当したのも奈美でした。もちろん佐藤奈美というのは偽名でしたが、私は取り調べ中もずっと「奈美さん」と彼女のことを呼んでいました。警察の制服を着ると、奈美は私服の時とは打って変わって凛々しく見え、それはそれで素敵だなと思いました。私はますます気に入ってしまい、逮捕されたにも拘らず奈美に夢中になってしまいました。

「認めます」

データが残っているのならば白《しら》を切ってもしょうがありません。それに不正アクセス禁止法ならば、大した罪にはならないと思ったのです。だからさっさと罪を認めて、ここから出してもらおうと思ったのです。

「ところで、不正アクセス禁止法はどのぐらいの罪になるのですか?」

私は声を潜めてそう訊ねました。

「三年以下の懲役、または一〇〇万円以下の罰金です」

「私には前科はありませんので、実刑になることはありませんよね」

罰金ならば、痛くも痒くもありません。

「それはあなたのやった犯罪と心掛け次第です。いくら前科がないと言っても、絶対に実刑にならないとは限りません」

奈美は意外なことを言い出しました。

何不自由ない生活に慣れてしまった私にとって、物理的な自由を奪われるのは過酷過ぎます。

「どういうことですか。だってただのハッキングですよ。不正アクセス禁止法で、しかも前科もない私が実刑になるわけないじゃないですか」

私にもその程度の法律の知識はありました。

「あなたの罪が不正アクセス禁止法だけで済めばそうでしょう。しかしあなたがやったことは詐欺罪や内乱罪、さらには外患誘致罪が適用される可能性もあります。そうなった場合には死刑が適用されます」

奈美はまっすぐ私を見ながらそう言いました。

「そんな馬鹿な。外患誘致罪で死刑だなんて酷すぎます。私が一体、何をやったというのですか」

広く世間への見せしめのために、国家権力はブラックハッカーである私を極刑に処そうと考えているのでしょうか。

「あなたは個人情報を特定しただけだと思っているでしょうが、その情報が我が国の敵対勢力に渡りそれによって国家が多大な損害を受けているのならば、外患誘致罪が適用されても決しておかしなことではありません」

確かに自衛隊や公安警察の情報を抜いたこともありました。そしてその情報がどこに流れていたのかは、あまり関心を持っていませんでした。

「そ、そんな。私は頼まれたからやっただけです。そんな大事《おおごと》になるとは思っていなかったんです。だから勘弁してください」

私は何度も頭を下げました。

「ここから先はあなたの考え方次第です。裁判を受けて重罪となることもありますし、あなたの決断次第によっては、そもそもこの事件を無かったことにすることも可能です」

一瞬奈美が何を言っているのかわかりませんでした。

「すべては、あなたの決断次第です」

「それはどういう意味ですか？」

「今や世界各国で、サイバー犯罪が多発しています。国家間の攻撃も熾烈《しれつ》になり、水面下では既に戦争状態と言っても過言ではありません。しかし日本はハッキングの専門家があまりに少な過ぎます。そこで今、国は極秘裏に超法規的なサイバー防衛隊を組織しているところなのです」

一般国民の知らないところで、日本には超法規的なサイバー防衛隊が既に存在しているのだと言いました。

「あなたはサイバー犯罪に関して、卓越した知識と技術を持っています。特にネット上の人物を特定する技術は、我が国のトップレベルの水準と言っていいでしょう。それは私たちも非常に高く評価しています」

奈美は澄んだ瞳で、私をまっすぐに見つめました。

「その技術を犯罪に使うのではなく、犯罪を防止するために使ってみる気はありませんか」

つまり、私にサイバー防衛隊に協力しろというわけです。

これは海外ではごく当たり前にある話で、ブラックハッカーが反省してホワイトハッカーになり社会に貢献することは珍しいことではありません。ブラックハッカーのスカウトを、日本も秘密裏に行うようになっていたのです。

「その提案を受け入れたら、今回の事件はなかったことにしてくれるのですか？」

奈美は黙って頷きました。暇つぶしでこの仕事をしていただけなので、その提案は悪くないような気がしました。

「報酬はそれなりにお支払いします」

報酬にはそれほど興味はありませんでした。しかし、不倫や初恋の相手の個人情報を探すのとは違い、国際的なサイバー犯罪や、国家間のサイバー戦争に関われるのは魅力的です。北朝鮮、ロシア、中国……、日本の位置する東アジアは世界でも、有数のサイバー戦争の戦場なのです。

「そのチームには、奈美さんも所属しているのですか？」

「そうです。私もチームの一員です」

紺の制服姿の奈美は、大きく首を縦に振りました。

「奈美さんは独身ですよね？」

「そうですけど」

その時には、私は提案を受けてもいいと思っていました。

「私がそのサイバー防衛隊に入って大きな事件を解決できたら、私と付き合ってもらえませんか？」

フィッシング詐取、ランサムウェアによる身代金の強奪、ネット上での麻薬や児童ポルノのやり取り、ネットの世界には悪質な犯罪が横行しています。さらに犯罪組織が仮想通貨を使って、マネーロンダリングをしたりするケースもあります。また有名無名を問わず誹謗中傷によって自殺してしまう人も少なくありません。

しかしネット上の犯罪は本人の特定が難しく、サイバー防衛隊も非常に苦労していました。サイバー犯罪に長《た》けた犯人は、自身の個人情報がわかるようなへまは絶対にしないからです。

さらにサイバー防衛隊の頭を悩ませたのが、証拠品の押収でした。

防衛隊はきちんと法律に則った捜査をし、裁判でも立証できる証拠品を押収しなければなりません。犯人たちはＩＰアドレスすら特定されない方法で犯罪を行い、そして終われぱデータを消去してしまいます。警察が何ヵ月もかけて捜査をしても、犯人が持っていたパソコンやスマホを処分してしまえばそれまでです。

ですからサイバー犯罪の取り締まりは、現行犯逮捕が理想的だとされています。私が逮捕された時のように、犯人の身柄を押さえたうえでその時に使っていたパソコンやスマホを押収し、残っている電子データを決定的な証拠として採用します。

しかしそれでも、現場の危ない仕事は闇サイトで募集したバイトたちにやらせて、首謀者たちは決して矢面《やおもて》に立つことはありません。

私はサイバー犯罪の首謀者たちが、自分たちの犯罪を自慢しあう秘密のオンラインサロンがあることを知りました。彼らには有り余るほどの金と時間がありますが、自分の技術を自慢したいという独特の承認欲求がそんな会を生んだのでしょう。

幸いなことに特定の仕事で私は闇の世界では一目置かれていましたので、主催者に接触しそのサロンのメンバーに加えてもらうことができたわけです。

その瞬間、パソコンの中で六分割されていたそれぞれの画像に捜査員たちが現れて、六人の赤い部屋の会員たちは、証拠のパソコンと一緒に取り押さえられてしまいました。

令和　一人二役

一

《マー君、ごめん。コロナにかかって熱が四〇度も出ちゃったよー。今日、会えるのを楽しみにしていたのに、本当に寂しすぎる。元気になったら、すぐに連絡するからね。杏梨《あんり》》

絵文字をふんだんに使ったそんなメッセージを送信する。

マー君は月額定額課金ではなく、メッセージごとにポイントを消費する従量課金タイプのユーザーなので、何度もメッセージのやり取りをすればアプリ運営会社が儲かる仕組みになっている。

《え、本当？　この前もデートの直前に熱出したよね》

小夜子《さよこ》はこのマッチングアプリの運営会社で、サクラのアルバイトをしていた。

杏梨はもちろん偽名で、プロフィールに使った目のクリッとした可愛い女の子の写真は、ネットで拾ってきたものだった。

《本当にタイミング悪いよね。最悪。グスン。だけどコロナだから、無理して会っちゃまずいよね》

こちらから会いたいと言いながら、いよいよとなると色々な理由で引き延ばす。

《親が危篤になった》

《ルームシェアをしている友達が自殺未遂をした》

《街を歩いていたらAVにスカウトされた》

その後が気になって、思わずメッセージを返したくなるような理由にするのが肝心だった。しかしいくら騙されやすい男でも、何度もドタキャンが続くとさすがに怪しいと思われて、こちらがサクラであることがばれてしまう。

そうなったら今度は新しい女の子に成りすます。

《松本《まつもと》さん、初めまして。職場に出会いがないので、思い切ってこのアプリに登録してみました。分からないことだらけなので、色々教えてください。雅代《まさよ》》

ネットで拾った可愛いタヌキ顔の女の子の写真で別アカウントを作り、そんなメッセージを送信した。

《雅代さん、初めまして。僕もこのアプリを使いはじめたのは最近ですが、いいご縁があるといいですね。雅代さんの趣味は何ですか？》

こうやって一人二役、いや何役もの女の子に成りすまし、ユーザーをなるべく長くアプリ会員に引き留めるのが小夜子の仕事だった。

小夜子は今年で二四歳になった。

真剣に就活をしなかったので、今でも半分フリーターのような身分だった。求人サイトに載った『空き時間にできる楽な仕事』『成功報酬あり』という文句に惹かれてこのバイトの面接を受けたが、まさかマッチングアプリのサクラの仕事だとは思わなかった。

「チーフ、今日は用事があるので早引きします」

新宿の雑居ビルの一室に、このマッチングアプリの運営会社があった。サクラたちはその一室に集められ、各自気ままに仕事をしていた。サクラのバイトに厳しい就業規則があるわけもなく、年齢も性別もバラバラで髪型も服装も自由だった。

「了解です。だけど小夜子さん、最近、成績が落ちていますよ」

このアルバイトは成功報酬型の給与体系で、ノルマを達成するとボーナスがもらえる。その一方で最低目標に達しないと、ペナルティとして時給がカットされてしまう。

「これでも頑張っているつもりなんですけどね」

決してさぼっているつもりはなかった。むしろ相手を引き付けるために、脳みそを振り絞ってメッセージを考えていた。

「小夜子さんは一つひとつのメッセージに時間をかけすぎるんですよ。もっと要領よくやった方が良いと思いますよ」

チーフの言う通りだとは思っていた。しかしどうせなら面白いメッセージにしようと、無駄に努力をしてしまう。チーフは小夜子とこうやって会話をしている時でも、モニターを見つめたままキーボードを叩いている。

「どうして男性のチーフの方が、女の私よりも人気があるんですかね？」

サクラたちの月々の成績表が壁に貼られていたが、小夜子がここで働き始めてから、チーフはずっと断トツの一位だった。

「そりゃあ何と言っても、僕はモテない男の心理が手に取るようにわかりますからね。小夜子さんには、うだつの上がらない貧乏男の気持ちはちょっと分からないでしょうね」

黒縁メガネをずり上げながら、チーフは鼻を膨らます。

「もちろん分かりませんよ。こんなマッチングアプリでメッセージをやり取りするより、さっさと会って付き合うかどうか決めちゃえばいいのに」

このバイトをやりながら、小夜子はいつもそう思っていた。

「そんな人はこんなアプリには登録しませんよ。男って傷つきにくいモテる男と、傷つきやすいモテない男の二通りしかいないんですよ。ここの会員は傷つきやすいモテない男ばかりですから。彼らはモテない女性よりも、何倍もナイーブな生き物なんです」

確かにこのアプリを利用する男性ユーザーたちは、何かに怯えているような感じがした。こっちが良い雰囲気を作ってあげても、なかなか会おうとしないユーザーも少なくなかった。

「そんなもんですかね。やっぱり私、この仕事は向かないかも。ねえチーフ、何かもっと簡単に儲かる仕事はありませんかね」

者かを演じることは楽しかった。


このバイトはグレーなことをしている割には、時給が良いわけではなかった。

「小夜子さんは美人だから、女を武器にすればいくらでも稼げますよ」

一度キャバクラの体験入店をしたことがあった。

しかし客に話を合わせるのが面倒で、すぐに辞めてしまった。何だかんだ言いながらも、小夜子は自由に働けるこの仕事が嫌いではない。そしてアプリの中の世界でも、何者かを演じることは楽しかった。

二

「それでは次回公演『F坂の殺人事件』のキャスティングを発表する」

劇団『X』の演出兼脚本兼主宰者の前野《まえの》が、二〇人ほどの劇団員を前にしてそう言った。この劇団は主宰者の前野がW大学の学生だった一〇年前に立ち上げたもので、都内の小さな劇場で年に数回の公演を行っていた。

小夜子はマッチングアプリのサクラのバイトをする傍ら、この劇団の役者として舞台に立っていた。実際は裏方の仕事の方が忙しかったりするが、役者として舞台に上がれることは誇りだった。

「今回の公演は女性の変死体を発見した主人公の小説家が、友人の名探偵とともにその事件の謎に迫るという設定だ。死体には殴られたり縛られたりしていた痣《あざ》があり監禁殺人事件と思われたが、名探偵の天才的な推理によって意外な事実が判明するというストーリーだ」

今回はどんな役がもらえるだろうか。

前回の公演では小夜子には役が付かず、劇団を辞めてしまおうかとさえ思った。しかしこの劇団にいることは、小夜子の最大のアイデンティティだった。

小夜子は高校時代に演劇部に所属していて学園祭で主役を演じた。その時にカーテンコールで拍手を浴びて、すっかり人前で演じることの楽しさに嵌まってしまった。その後、演劇部の友人たちは社会人になり、中には結婚して母親になっている子もいたが、小夜子は女優をやっているということで、そんな友人たちから一目置かれる存在だった。

「まずは主人公の小説家役だが……」

劇団には一〇人近くの役者がいたが、看板女優が一人いていつも主役を務めていた。彼女は美人で演技も上手く、そして華もあるのだけれど、学生時代からの前野の恋人という公然の秘密があった。

前野は結構女好きで、女優の入れ替わりが激しいのは前野のせいだと言われていた。

実は小夜子も、先日前野に口説かれた。キャスティング権を握っている前野に誘われていっそ身を任せてしまおうと思ったが、その時は宴席でもあったので曖昧な返答で誤魔化した。しかし小夜子には今恋人がいないので、今度誘われた時はどうなってしまうか分からない。

主人公の小説家、名探偵、犯人、そして刑事など、主要なキャストが発表される。前野の恋人である劇団の看板女優は、今回はタバコ屋の店員という微妙な役どころだった。

「小夜子には殺された女性役をやってもらう。この役は今回の芝居の鍵となるとても重要な役で、時間的にも一番長く舞台にいる」

「有難うございます」

思わず大きな声が出てしまった。

この劇団に入ってから三年が経つが、端役ばかりで舞台上に長くいたことなど一度もなかった。看板女優を差し置いて自分がそんな役に抜擢をされるとは、まるで夢を見ているような気分だった。

「さらに小夜子には、もう一役やってもらう。役どころは殺人犯を逮捕する婦人警官B役だ」

一人の役者が二役をやることとは、決して珍しいことではない。

台詞が少ない群衆の役などに一人ひとり役者を立てるのは人数が増えるばかりで効率的ではないので、一人が何役か兼ねることがあった。鬘《かつら》や衣装でがらりと雰囲気を変え、そもそも客の視線は主役に奪われているので、よほどの芝居好きでもない限り客は一人二役に気が付かない。

「以上でキャスティングの発表は終わりだ。最近、客の入りが減っているので、役者のみんなも券売には積極的に協力して欲しい」

公演のチケットは一枚四〇〇〇円だった。

かつて前野は小演劇界ではそれなりに有名な存在だった。昔は小劇団ブームというのがあったらしく、劇団『X』ももっと大きな劇場で公演を行っていたそうだ。しかし徐々に客の数が減ってしまって、今では千秋楽でも満員にならないことがあった。

「役者は一人二〇枚が最低ノルマだ。それ以上売るとキックバックがもらえるから、それを励みに頑張って欲しい」

最初の内は親や友達にお願いしてチケットを買ってもらっていたが、だんだん申し訳なくなってきて最近は自腹で友達たちに配っていた。特に自分の出番が少ないと、友人に配るのも憚《はばか》られた。

「稽古は来週の火曜日から。自分の出番がなくても人の演技を見るのは勉強になるから、役者は都合がつく限り稽古場に来るように」

稽古は昼から夜まで一ヵ月間行われる。当然、その間はアルバイトはできなかった。さらにその直後に一〇日間の公演があり、そうなると一ヵ月半はバイトを休まなくてはならない。アルバイトでもそれだけ長期間休むとなると首になってしまうところもあった。だから劇団員たちはまともな仕事に就くことができず、短期のアルバイトを繰り返すなど、いつも金銭的には苦労させられていた。

やっぱりマッチングアプリのサクラのバイトは辞められない。

「それでは台本を配る。来週の稽古までには必ず覚えてくるように」

小夜子は配られた台本を手にすると、貪《むさぼ》るようにそれを読んだ。

なにしろ舞台上に一番長くいる役だ。

小夜子が演ずるのは殺された女性の役で、幕が開いた直後から舞台中央で殺されていて、確かに幕が上がってからずっと舞台上にいるように書かれていた。死体役だから演技のしようもなかったし、さらに最悪なのは顔に紙袋を被せられている設定なので、一体それが誰なのかさえ分からなかった。

それでも役がないよりはましかもしれない。

次に小夜子の二役目である婦人警官Bのパートを読んだ。婦人警官Bの台詞は、「逮捕する！」の一言だけだった。

三

前野は稽古場を飛び出して、タクシーを拾い都心の某高級ホテルへ向かった。

稽古は順調に進んでいたが、チケットの売れ行きは今一つだった。劇団の仕事は好きだったが、台本づくりや稽古に時間を取られてほとんど儲からない。学生時代は芝居に対する情熱で迷わず走ることができたが、人生を半分近く生きてしまうと色々考えさせられることが多かった。

劇団『X』がこれ以上大きくなることはないだろうし、この先に明るい展望は感じられない。自分も劇団員たちも同じように年をとり、家族や恋人のために劇団を去っていく者も少なくない。

いっそ劇団を解散してしまおうかと思ったこともあった。

しかしそんな劇団でも、劇団員一人ひとりの夢と希望を担っていた。安定した仕事を辞めて劇団に賭けている団員もいる。恋人でもある女優の美佐子《みさこ》もそんな一人だ。もしも劇団を解散してしまったら、彼らはどうなるのだろうか。それを考えると、安易な決断をすることはできなかった。

「運転手さん、ロビーに着けてください」

某高級ホテルの車寄せで車を降りると、白い制服を着たドアマンが会釈をしながらドアを開けてくれた。

今日はこのホテルのスィートルームで、来月発売する本の打合せをする約束をしていた。

舞台の仕事だけでは食べていけないので、前野はゴーストライターのような仕事をしていた。その執筆が忙しくて今回の公演は新作が書けなかったので、過去の文芸作品のオマージュでお茶を濁したというのが正直なところだった。

閉まりかけていたエレベーターに飛び乗ると、最上階の二四階のボタンを押した。エレベーターはガラス張りになっていて、ライトアップされた東京の夜景が一望できた。エレベーターが二四階で止まり、前野がスィートルームのベルを鳴らすと、中から担当の編集者が出迎えてくれた。

奥のソファーに、原稿を手にしたスキンヘッドの男が座っていた。

「前野さん、とてもよく書けていると思います」

心地よいハスキーな声が聞こえてきた。

「有難うございます。ＮＯＢＵさんにそう言われると、苦労して書き上げた甲斐がありました」

ＮＯＢＵは若者に人気のミュージシャンだった。

出版不況が囁かれる中でも、お笑い芸人やアイドルが書いた小説は相変わらず大ヒットしていた。ＮＯＢＵは多彩な才能の持ち主で、面白い小説のアイデアを温めていた。それは前野も認めるところだったが、残念ながらＮＯＢＵにはそれを長編の小説にまとめる時間と文章力がなかった。

「無茶なお願いだったのに、本当に有難うございます」

編集者は満面の笑みでそう言った。

そこで前野がＮＯＢＵのアイデアを基に長編小説を書き上げた。しかし本は前野とＮＯＢＵの合作ではなく、ＮＯＢＵだけの名前で出版することになっていた。本のセールスを考えれば当然で、印税を折半することで前野も文句を言わずに同意した。

「それでは小説の完成を祝って、祝杯といきましょう」

編集者はワインクーラーに入っていたドンペリのボトルを抜栓し、シャンパングラスに弾ける液体を注いだ。

「乾杯」

スィートルームにグラスが重なる音が響いた。

大きな窓からは、ライトアップされた東京タワーが見える。ほんの数時間前に劇団の稽古場にいたことを忘れてしまいそうだ。NOBUと前野が一気にドンペリを飲み干すと、編集者がグラスにお代わりを注いでくれた。

「しかしどうしてNOBUさんは、素顔を隠して活動しているのですか。なかなかのイケメンですし、髪の毛を伸ばしてビジュアル系バンドにしようとは思わなかったのですか?」

NOBUは整った顔立ちをしていて、目鼻立ちもはっきりしていた。ちなみにスキンヘッドの頭は、自らカミソリで剃っているとのことだった。

この打合せがホテルの一室で密やかに行われたのも、NOBUの顔がばれないように配慮されたからだった。もっともNOBUがステージに立つときは、KISSや聖飢魔IIのようにフェイスペイントをしているので、素顔を見られてもNOBUだと気付く人はいなかった。

「バンド活動を親に大反対されたんです。それでフェイスペイントをしていれば、絶対にバレないだろうと思ったのが未だに続いているんですよ」

四

「南無阿弥陀仏と心から唱えれば、どなたでも極楽浄土へ旅立つことができます。私の後に続いて、皆さまも故人のことを思いながら南無阿弥陀仏と三回唱えてください」

仲行《のぶゆき》は告別式に集まった一〇〇人以上の参列者に向かって一礼をした。

最近は葬儀を身内だけで行うことも多かったが、今日は盛大な葬式となった。故人は地元の名士と言われていて、市会議員をしていたこともあったらしい。仲行は祭壇に向かって一礼してから椅子に腰かけ、数珠を持った左手を顔の前で立てた。そして黒い枠の中でにこやかに笑う老人の写真を見つめながら、ゆっくりと発声を始めた。

「なーむーあーみーだーぶつ」

仲行の声に続いて参列者たちも、南無阿弥陀仏と唱えはじめる。

今こうやって経を唱えている人物が、人気ミュージシャンのＮＯＢＵだということに気付いている人は誰もいない。

「なーむーあーみーだーぶ」

仲行の両親がバンド活動に反対したのは、家業に関わる大問題だったからだ。大きな寺の一人息子は、生まれた時にその職業が決められていた。坊さんだなんてカッコ悪いと思ってはいたが、病気がちだった父親に懇願され、それを振り切ってまで家を飛び出すことはできなかった。

「なーむーあーみだーぶつ」

僧侶になるために何日間も絶食したり、滝に打たれたりしなければならないのかと思っていたが、伸行の寺の宗派は基本的に修行というものがなく、酒や肉を我慢する戒律もなかった。もちろん結婚も自由だった。

修行をすれば誰でも坊主になれるかもしれないが、大きな寺の住職となると、その寺に生まれた男の子しかなれない。ちなみに住職とは、文字通りその寺に住むお坊さんのことで、その寺の代表者であることを意味していた。

伸行が生まれ育った実家の寺は八王子にあり、墓地も一〇〇坪以上の敷地を持つ地元の名刹《めいさつ》だった。それほどの規模ともなると、お布施や檀家の年会費に相当する護持会費などで十分過ぎるほどの収入となり、しかも寺は宗教法人なので税金もかからない。さらに寺という持ち家もあったため、同世代の若者と比べると経済的にはかなり恵まれていた。大学を卒業すると同時に父親は退任し、伸行はすぐに住職になってしまったので、同世代の大卒新入社員たちの何倍もの収入があった。

「それでは読経をあげさせていただきます」

リズミカルに木魚を叩きながら伸行は経を唱えだした。

ミュージシャンを目指しても、プロとして食べていけるのは一握りだ。安定した住職の座をキープして、余った時間で好きな音楽活動を楽しむ。現代っ子の伸行が、そんな損得勘定で判断を下すのに大して時間はかからなかった。

しかし住職がヘビメタバンドをやっているのはさすがにまずい。

そこで考え付いたのが、覆面ミュージシャンという方法だった。

フェイスペイントをして、さらにスキンヘッドに長い金髪の鬘を被ってしまえば、もはや完全な別人に見えた。そうやって世間の目を欺《あざむ》きながらバンド活動をする方が普通に歌うより面白くなり、同時に話題を呼んでバンドの人気も急上昇した。さらには自分の本まで出版してしまうほどの人気者になってしまったので、人生とは何がきっかけで成功するか本当に分からないと思っていた。

その後、伸行はたっぷり三〇分間かけて読経した。

経はお釈迦様の教えを弟子たちに口頭で伝えたもので、葬儀で経を読むということは、故人が無事に極楽浄土に行けるようにとの願いが込められていた。一般人にはおまじないのように聞こえるお経でも、当然きちんと意味があるので一字一句を覚えなければならない。それに節をつけてゆっくり諳《そら》んじるのだが、木魚をドラム、おりんをシンバルのように感じてしまい、ついリズミカルになってしまう悪い癖があった。

「本日はお勤めいただき、有難うございました。お布施をお納めください」

喪主である故人の息子さんがやってきて、お布施袋が載った切手盆を伸行の前にそっと置いた。お布施袋に直接触れてはいけないので、このように切手盆に載せたり袱紗《ふくさ》に包んだりするのが礼儀だが、最近はいきなり立ったまま手渡されることも少なくなかった。

「有難うございます。それでは阿弥陀様にお供えさせていただきます」

お布施は僧侶がもらうものではなく、それを寺に持ち帰り阿弥陀様にお供えすることになっていた。その浄財を寺の維持運営に使うので、僧侶はお布施を使うことが許されるというのが建前だった。

分厚く膨らんだお布施袋を袈裟《けさ》の間に押し込んだ。

一般的にお布施の額はケースバイケースだが、伸行の寺では二〇万から五〇万円と相場が決まっていた。今回は地元の名士で、さらに戒名料が一〇〇万円加わり、お布施袋の中には一五〇枚の一万円札が入っているはずだ。

「こんなお若いご住職さんだとは知りませんでした」

伸行はゆっくりと頭を下げる。

「先代が体調を崩して若くして退任いたしまして、若輩ながら勤めさせていただいております」

この仕事は若いことは必ずしもメリットにならない。こんな若造の三〇分の仕事に一五〇万円の価値があるかと問われたら、伸行は二の句が継げなかった。

「しかしご住職さんの読経はユニークですね。ひょっとして学生の頃に、音楽をやっていたんじゃないですか」

五

「いらっしゃいませ」

葬儀場の控室で私服に着替えた伸行は、駅前の喫茶店に入った。袈裟や法衣《ほうえ》はバッグの中にしまっていて、今はジーンズにセーター姿なので、誰も伸行が僧侶だとは気が付かない。

「透子ちゃん、いつものを」

胸のネームプレートは「一ノ瀬」と書かれていたが、彼女の下の名前が透子であることを訊き出せたのは一ヵ月前のことだった。

伸行は透子に恋をしかけていた。

「抹茶ラテですね」

透子のシフトが月水金と分かると、伸行は無理をしてでもその曜日にこの喫茶店を訪れていた。

「透子ちゃん、学校は楽しい？」

以前からこの喫茶店は時々利用していたが、今年の春から新たに加わったアルバイトが透子だった。この喫茶店はテーブル席の他にカウンター席があり、そこに座っているとカウンターで仕事をしている店のスタッフと会話を交わすことができた。

「そうですね。授業には大分慣れましたけど、東京は色々大変ですね」

透子はここから近い語学で有名な大学の新入生で、この春上京したばかりだった。

「やっぱり東京は、透子ちゃんの地元とは大分違うの？」

透子は宮崎県の出身だった。地理に疎い伸行は透子の出身の市の名前を聞いても、それが宮崎県のどの辺《あた》りにあるのか全く見当が付かなかった。

「全然、違いますね。東京はコンビニがいっぱいあるので驚きました」

カウンターの中で、透子は抹茶ラテを作りながらそう言った。

「どういうこと？」

「今まではコンビニは車で行くところだったんですよ。だけど東京はちょっと歩けばすぐにコンビニがありますからね」

「そうなんだ。ずっと東京に住んでいたから気付かなかった」

「それから電車がすぐにやって来るのが凄いですね。地元の駅は三〇分に一本ぐらいしか電車が来なかったんですけど、東京はすぐに電車が来ますからね。時刻表を見る必要がありませんよね」

他にも歩く人のスピードが速かったり、終電が遅かったり、地下鉄の駅がダンジョンのようになっていたりと、透子は東京で驚かされたことを語ってくれた。

伸行が透子に惹かれるのは、こういう彼女の気取らないところだった。

東京にはきれいな女性は多いが、会話をしていてこんなにほっこりとできる女の子に出逢ったことがなかった。

「だけどやっぱり、家賃が高いのに一番びっくりしました」

透子が手を口に当て楽しそうに笑うので、伸行も思わずつられてしまう。

「いいオーナーさんに巡り合えて、今の家賃は格安なんですけど、普通に払っていたら家賃だけで破産をするところでした」

伸行には恋人と呼べるような存在はいなかった。覆面バンドは若い女性にも人気があったが、フェイスペイントを落としてしまえばそれが伸行だとはわからなかったし、住職の仕事の方はお年寄りの相手が多く、恋愛対象の妙齢の女性と出会うことは滅多になかった。できることなら透子と付き合いたいと思っているが、一八歳の透子から見たら二八歳の伸行は「いいおっさん」なのではと躊躇していた。

「透子ちゃん、モテるでしょ。カレシは何をやっているの?」

世間話のようにさりげなくそう訊ねたつもりだった。しかし予想に反して、透子の顔に翳《かげ》が差した。

「私、今はカレシとかはあまり欲しくないんです」

「どうして?」

「今、ちょっとそんな気分になれないんです」

このぐらいの年齢の女の子なら恋愛が最大の関心事だと思っていたが、最近はそうでもないのだろうか。それとも過去の恋愛で、トラウマになってしまうような出来事があったのだろうか。いずれにせよ、今決まった恋人がいないということは、伸行にとって悪い話ではなかった。

「おまたせしました」

透子はカウンターに座っている伸行の前に、抹茶ラテをそっと置いた。

「伸行さんは、どんな仕事をしているんですか？」

伸行は自分の職業のことをどう説明するべきか考えた。寺で住職をやりながら、ヘビメタバンドをやっていることを正直に話したら、透子はどんな顔をするだろう。

「敢えて言うなら、イベント関係かな」

コンサートは間違いなくイベントだったし、葬儀もイベントであることには間違いなかった。

「へー、凄いんですね。どんなイベントですか」

少なくともミュージシャンであることは、仄めかしてもいいのではないだろうか。若い女の子なのだから、きっと興味を持ってくれるはずだ。

「透子ちゃん、音楽は好き？」

「もちろん、好きですよ」

「どんな音楽をよく聴くの？」

「そうですね。まあ、日本のロックやポップスの流行りの音楽ですね」

もしも透子が伸行のバンドのファンだったとしたら、まさにビンゴだと心が躍った。

「ヘビメタとかはどうかな？」

透子の眉間に皺《しわ》が寄った。

「ヘビメタってうるさいばかりで、あんまり好きじゃないですね」

六

「ご指名有難うございます。祥子です」

甲州街道沿いにあるマンションの一室を訪れると、灰色のスエットを着た中年男が透子を出迎えてくれた。誰かに見られるわけにはいかないので、透子は素早く玄関の扉を閉じた。しかし後ろめたさからか、なぜか誰かに監視されているような気がしてならなかった。

「散らかっているけど」

色白でどことなく落ち着きのない男だったが、不潔そうには見えなかったので内心胸を撫でおろした。

「お邪魔します」

透子は脱いだパンプスをきれいに揃え、さらに脱ぎ捨ててあった男の革靴も隣に揃えてから部屋に上がった。

「祥子ちゃんは、大学生？」

シングルベッドに腰掛けながら中年男がそう訊ねる。ちなみに祥子は、透子のデリヘル店での源氏名だった。

「そうです。この春、入学したての一年生です」

そう答えると、男は満足そうに微笑んだ。

「そうなんだ。じゃあ、やっぱりこの仕事を始めたのは、学費を稼ぐため。ひょっとして、奨学金なんかも借りてるの？」

透子は小学生の時に父親を亡くしていた。

妹が一人いて家族三人の母子家庭だったので、生活は楽ではなかった。母親が看護師をやっていたので大学の学費は出してくれたけれども、東京での生活費は全て自分で稼がなければならなかった。

「奨学金の返済にも充てたいですが、まずは東京での生活のためですね。それに在学中に留学をしようと思っているので、その費用も貯金したいので」

喫茶店のアルバイトは楽しかったが、それだけでは生活できなかった。

将来のことも考えて、デリヘルで働くという一大決心をした。自分で風俗専門の求人サイトを調べて面接を受けた。こういう仕事だから怖いお兄さんが出てきたらどうしようかと思っていたけれども、スタッフは優しい人ばかりで安心した。

初めて接客した相手は、五〇代の優しい父親のような人だった。透子が初めてだったせいもあり、凄く気を使ってくれたので、緊張はしたものの嫌な気分にはならなかった。

父親の愛情を実感できずに育ったので、年の離れた男性に優しくされるのは新鮮だった。最近では同世代の男の子には興味が湧かず、暫くは恋人なんかいなくても構わないと本気で思っていた。

「お店に電話をしてもいいですか？」

男が小さく頷いたので、透子はスマホで電話を掛けてお客様と無事に出会えたことを報告した。

部屋には大きなテレビと、それに接続されたゲーム機が何台か置かれていた。

本棚には漫画がズラリと並べられていたのでその話をすれば盛り上がるかと思ったけれども、部屋のあちこちにアニメキャラの女の子のフィギュアが置かれているのが気になった。普通の社会人のように見えたが、実はオタクの引きこもりかもしれない。

「留学かー、僕も若い頃は憧れたけどね。だけど英語が全然話せなかったし、向こうの大学は秋入学だったから諦めたけどね。でも最近は円安だから大変だよね」

しかし幸いにも、男が無口でなくて助かった。

「そうですよね」

こういう仕事をしているとコミュ障な客がいて気まずくなることがあるが、むしろこの男はお喋り過ぎるぐらいだった。

「一ドル一五〇円の時代だからね。この間、僕もニューヨークに行ったんだけど、本当に物価が高かった。ラーメン一杯が三〇〇〇円もするんだよ」

「え、ニューヨークに行ったんですか?」

オタクのように見えたが、海外に行ったことがあるようなので急に興味が湧いた。

「そうだよ」

海外で働きたいと思っていても、透子は今まで一度も海外に行ったことはなかった。

透子はこの中年男に急に興味が湧いてきた。

「どんな仕事をされているのですか?」

「祥子ちゃんは、原型師って知ってる?」

透子は左右に首を振る。

「今、日本のアニメって海外でも人気があるでしょ。そして日本のフィギュアも完成度が高いからとても人気があるんだ。だからそれを売ったりするために、時々海外に行くこともあるんだ」

「それで部屋にフィギュアがいっぱいあったんですね」

男は大きく頷いた。

「そうなんだよ。今はこれを作っているんだ。まあ、自分で言うのも何なんだけど、僕の作るフィギュアは海外でも人気があってね。これはフランスからの発注で、一〇〇万円もするんだよ」

そう言って椅子に掛けられた布を取った。そこには等身大の女の子のフィギュアが座っていた。

「凄いですね」

　一体、誰がこんなものを一〇〇万も出して買うのだろうか。日々の暮らしに汲々《きゆうきゆう》としている透子にしてみれば、世の中は本当に不公平にできていると思ってしまう。

「本当は工業デザインをやっていて、車や家電の設計なんかをやっていたんだけど、最近はこっちの方が本業になっちゃってね」

　世の中には色々な仕事があるものだと、透子は感心してしまう。

「じゃあ、お客さんもフィギュアが好きなんですか？」

「フィギュアはあくまで小遣い稼ぎだよ。僕は生身の女の子にしか興味がないからね。じゃあ、そろそろはじめようか」

　透子が小さく頷くと、いきなり透子のシャツのボタンを外しはじめた。

　初めて会った人としてしまうなんて、罪悪感で胸が痛んだ。この仕事を始めてしまえば、もう普通の恋愛はできなくなるだろうと覚悟した。しかし自分で決めたことだから、後悔はしていなかった。それに何より、留学をして海外で働きたいという夢を、お金を理由に諦めたくはなかった。

　男が透子の唇を求めてきたので、素直にそれを受け入れた。本当は気持ちが悪かったけれども、わざと喘ぐような声を出してみた。

七

《簡単！　高収入》
デリヘルで大金を使ってしまったので、浩平《こうへい》は短期のバイトに応募することにした。ニューヨークに行ったなど、デリヘル嬢には見栄を張って景気の良い嘘をたくさん吐いたが、原型師の仕事は師匠のアシスタントに過ぎなかった。部屋にあった等身大フィギュアも顧客に送るために一時的に預かっていたもので、代金の一〇〇万円が浩平の懐に入るわけではなかった。
浩平はただの中年フリーターで、貯金もほとんどなかった。両親は既に死んでいて、金が借りられそうな友人もいなかったので、金がなくなる度に短期のアルバイトで凌いできた。しかし性格的に接客は向かなかったし、肉体労働も苦手だった。そんな浩平が何とか暮らしていけるのは、ＳＮＳで募集される報酬が高くて楽なバイトをしていたからだった。
《配達の仕事です。たった三時間で一万円》
それは運び屋の闇バイトだった。
封筒に入った何かを運ぶだけで高額な報酬がもらえるのだから、まともなアルバイトのはずがない。麻薬なのか覚醒剤なのかは分からなかったが、運んでいるものが違法薬物であることは間違いなかった。

商品を渡す相手はまちまちで、ラッパーのような若者もいれば、ネクタイをきっちり締めたサラリーマンもいた。最近は大学生の割合が増えてきて、中には高校生のような客もいた。浩平は違法薬物をやったことはなかったが、最近の若者の間で薬物が蔓延《まんえん》していることを肌で感じていた。

《金欠なので、是非やらせてください》

仕事の連絡は、メッセージが残らない外国製のSNSで行われた。これを使えば証拠が残らないと聞かされて、スマホにアプリをダウンロードした。ちなみにアプリ自体は違法ではないので、オンラインストアで簡単にインストールできた。

商品の受け渡しは街中《まちなか》や喫茶店で行われたが、常連になると直接相手の家までもっていくこともあった。あまりにもあっさり受け渡しが終わるので、浩平はだんだん自分が危険な橋を渡っているという意識が希薄になっていた。

《いつものように商品を指定の場所まで届けてください。商品は明日の午前中に自宅に届きます》

渡すべき違法薬物は、浩平の自宅に宅配便で送られてきた。

だから浩平は自分の雇い主が誰だか分からなかったし、もちろんその人物の顔を見たこともない。その一方で浩平は自宅が知られているので、売上げを誤魔化したり商品を持ち逃げしたりすることはできなかった。

《S駅に到着しました》

浩平は雇い主にメッセージを送った。

《西口のコーヒーチェーン店でスポーツ新聞を読んでいる田中さんに、二袋渡してください》

「いらっしゃいませ」

店に入り店員の挨拶を無視して奥に進むと、一番奥のテーブル席で茶髪の若い男がスポーツ新聞を読んでいた。

「田中さんですね」

男がおもむろに頷いたので、周囲の様子を窺いながら封筒に入った商品を机の上にそっと置いた。

「確認してもいい？」

店内はそこそこ混んでいた。紺のエプロンを着けた店員はカウンターの中で忙しく働いていて、こちらを気に掛けている様子はない。

「どうぞ」

取引は素早く行いたかったが、茶髪男がまじまじと封筒の中身を確認しているので、誰かに見られないかと冷や冷やする。

「どこから仕入れてるの？」

浩平は周囲を見渡した。隣のテーブルでは女子大生風の若者がスマホを見ながらコーヒーを飲んでいる。こんな誰もが使うコーヒーチェーンの店内で、まさか薬物の受け渡しが行われているとは思わないだろう。

「バイトなんで分かりません」

一秒でも早く、この場を立ち去りたかった。

「本当にアルバイト？」

茶髪男の目が怪しく光る。

「本当です。早く金を下さい」

時々金を払わないで、商品を持ち逃げしようとする奴がいるらしい。浩平はそういう目に遭ったことはなかったが、雇い主からはくれぐれも気を付けるように言われていた。

茶髪男が財布の中から一万円札を取り出したのでひったくるように受け取ると、すぐに店を出て路地裏へと足早に逃げた。

《田中さんへの配達終わりました》

浩平は、無事に仕事が完了したことを報告する。

《次はM駅に向かってください。そして駅に着いたら連絡をください》

一万円分のバイト代を稼ぐために、浩平はこれからまだ三ヵ所も回らなければならなかった。

八

「たった今、終わりました。残念ながら奴は、闇バイトで集められたただの運び屋だったようです」

麻薬取締官の二宮《にのみや》はコーヒーチェーン店を出ると同時に、本部の上司に電話を入れた。

『お前が元締めかもしれないというから、囮捜査を認めたんだぞ。なんとしても連中を捕まえろ！』

上司の罵声が聞こえてきたので、スマホを耳から遠ざける。

SNSを使った売買で、簡単に違法薬物が入手できるようになってしまった。最近では無料で違法薬物を少しだけプレゼントして、心理的な抵抗をなくした後に、薬漬けにさせる鬼畜のような犯罪が流行っていた。その元締めを探し出し、犯罪グループを一網打尽にすることが、捜査本部の最重点目標だった。

「私の見込み違いでした。だけどもう少しだけ泳がせることにします。元締めと接触する可能性もゼロではありませんので」

運び屋をいくら逮捕しても、犯罪を根絶やしにすることはできない。

さっきの男は運び屋にしては年をとり過ぎていたので、元締めに繋がるのではと期待していたが当てが外れてしまった。

『たとえ運び屋だったとしても、ブツを仕入れるためにはどこかで元締めと接触するはずだ。徹底的に監視してどうやっているかを調べ上げろ。それまで本部には戻らなくていい。いいか、わかったな！』

二宮は男を一週間も前から監視していた。しかし引き籠りなのか、男はほとんど部屋を出ていなかった。唯一部屋を訪れた女がいたが、その女はただのデリヘル嬢だったことがわかっていた。

「了解しました」

神妙に返事をしたものの、二宮はこのままあの男を監視しても期待できないような気がした。メッセージが残らない外国製のＳＮＳのせいで、捜査は難航していた。たとえさっきの男のスマホを押収しても、元締めと連絡を取り合ったメッセージは残っていないだろう。

思わず大きなため息が出る。

何で自分は麻薬取締官なんかになってしまったのか。

二宮は二年前まではただの薬剤師だった。仕事に特に不満はなかったが、何かもっと社会に貢献できるような仕事をしたいとも思っていた。そんな時に薬剤師の資格があれば麻薬取締官の公務員試験が免除されることを知り、勢いで転職をしてしまった。

しかしあのまま一介の薬剤師でいた方が、良かったのではないだろうか。麻薬取締官の仕事は張り込みなどもあり、あまりに忙しくて結婚の約束までした恋人と別れてしまった。

った。それ以来捜査に追われて、新しい出会いを作る暇もない。

いっそ仕事を辞めてしまおうか。

「随分とお悩みのようですね」

背後から女性の声がした。

振り向くと、いつのまにか占いショップの店先に立っていた。

「どうですか。ちょっと占っていきますか」

大きなフリルのついた赤いドレスを着た女性が微笑んでいた。店の看板には『香織の占い館〜当たり過ぎると評判の霊感手相占い』と書いてあった。

「いいえ」

恋する乙女じゃあるまいし、占いなんてこれっぽっちも信じていなかったので、二宮はその場を立ち去ろうとした。

「お悩みはお仕事関係ですか？」

占い師は切れ長の目をしたエキゾチックな雰囲気を醸し出していて、年齢がわかりにくいタイプだが二七歳の二宮よりも年上であることは確かだった。

二宮は暫《しば》し立ち止まって考える。今までの人生の中で、占い師に金を払ってまで自分の運命を占ってもらったことはなかった。しかしここまで捜査が行き詰まってしまうと、藁《わら》にでも縋《すが》りたいという気持ちもある。ひょっとしてこの占い師から、何かしらのヒントがもらえたりするのではないだろうか。

「じゃあ、お願いします」

店の前の椅子に座ると、二宮は両掌を差し出した。

「お仕事と恋愛ならば、どっちを占って欲しいですか？」

「とりあえず仕事ですかね」

香織は温かい手で二宮の掌を軽く握った後に、真剣な表情で掌をじっと見つめた。

「お店の看板には霊感手相占いと書いてあったけれども、霊感と手相のどっちで占うんですか？」

「主に霊感です。お名前と誕生日も教えてもらえますか」

二宮は自分のフルネームと生年月日を伝えた。

「それで何を占って欲しいですか」

「そうですね。今の仕事を続けた方がいいのか、それとも思い切って辞めてしまった方がいいのでしょうか？」

「今は何のお仕事をされているのですか？」

そう訊かれて二宮は答えに窮した。街の占い師から秘密が漏れることはないだろうが、自分が麻薬取締官であることを明かすわけにはいかなかった。

「一応、公務員です」

麻薬取締官は厚労省の所属なので公務員であることは間違いなかった。

「今の安定した立場を捨ててでも、面白くてもっと社会に貢献できる仕事に挑戦したいということですか。なるほど手相からもそういう性格が窺えますね」

確かに二年前はそんな感じだった。そういう意味ではこの占い師は、結構当たるのかもしれない。

「本当に、今は公務員なのですか？　薬剤師とか、そういう関係のお仕事なんじゃないですか」

二宮は思わず瞼を瞬かせる。

「凄いな。確かに僕は二年前まで薬剤師でした。そして今もクスリ関係の仕事をしています。どうしてそんなことがわかったのですか」

「私、昔から霊感が強いんです。その人の手相や顔を見ていると、なぜかイメージが頭に浮かぶんです。お客さんの場合、最初は何だか分からなかったんですが、やがて白衣を着て何かをいじっているイメージが見えたんです。しかもクスリのような映像も見えたので、きっと薬剤師さんに違いないと思ったのです」

香織はにっこり微笑んだ。

「あなたには本当に霊感があるみたいですね。人を占う時は直接会わなければダメなんですか。写真やスマホの画像からでも分かったりしますか」

「分かることもあります」

二宮は捜査のヒントになるかもと思い、隠し撮りをした運び屋の男の写真をスマホに表示させた。

「この男なんですけど、このスマホの画像から何か感じることはありませんか。誰かと会っているところとか、何かを預かっているようなこととか。どんな些細なことでも構いませんから」

二宮はスマホを香織に手渡した。

「うーん、そうですね」

香織は暫く真剣な表情で眉間に皺を寄せていたが、急に何かが閃いたような笑顔を見せた。

「アニメです。美少女系のアニメのキャラクターの顔が見えます」

九

「香織さん。三番テーブルにお願いします」

胸元が大きく開いたピンクのドレスを着た香織は、黒服のチーフに店の一番奥の三番テーブルに着くように指示された。

「先生、お久しぶりです」

三番テーブルの客は、常連客の小説家だった。香織はその小説家が書いた本を読んだことはなかったが、ホラー系の気持ちの悪い作風で一部の読者にマニア的な人気があるそうだ。

「おー、香織ちゃん。占いの仕事は上手くいってる？」

昼間は占い師をしている香織だが、それだけで食べて行けるほど稼げはしなかった。

「ぼちぼちですね」

生活費を稼がなければならなかったので、夜はキャバクラで働いていた。この店は自宅に近い吉祥寺のキャバクラで、地元の客でそれなりに繁盛していた。香織は以前、六本木の高級店に勤めたこともあったが、その店は同伴などの厳しいノルマがあり長続きはしなかった。

「こちらは僕の高校時代の友人の松本君」

日焼けをした逞しい男性が頭を下げた。

「よろしくお願いします」

香織は角が丸い名刺を差し出した。

ちなみにこの店の女の子は、全員香織より年下だった。香織は今年で三五歳になってしまったが、店では二八歳で通していた。得意の占いを生かして一部の客には人気があったが、最近はほとんど指名はもらえなくなっていた。

どうしても自分の将来が心配になる。年齢的にそろそろ店にはいられなくなることは予想がついた。占い師として成功できればいいのだが、人気占い師になるには香織には何かが欠けていた。

香織は男運が悪く、三年間も付き合った男に妻子があったことが最近分かった。占い師なんだからそのぐらい分かりそうなものだと思うだろうが、実は占い師は自分のことはさっぱり当たらない。そこに主観が入ってしまうので、占いで出たものを客観的に見られなくなってしまうからだった。

「名刺を持たない職業なのですいません」

何度も頭を下げながら松本は、ぎこちない手つきで香織の名刺を受け取った。

「こう見えて香織ちゃんは占い師なんだよ」

先生がそう紹介してくれたので、香織はにっこり微笑んだ。

「そうなの？　とてもそんな風には見えないけれど」

松本が目を瞬かせる。

「私、子供の頃から霊感が強かったんです」

友人の恋愛占いは一〇〇％当てることができた。振られる、別れる、捨てられると、占いの結果を正直に言ったのでむしろ恨まれることの方が多かった。

「こう見えて、香織ちゃんの占いは微妙に当たるんだよ。ねえ、香織ちゃん。松本の職業を当ててみてよ」

香織はこの先生と初めて会った時に職業を訊ねられ、即座にハッカー探偵と答えたことがあった。実際には小説家が正解だったのだけれども、ある意味当たっていると喜んでもらえて、それ以来ご贔屓《ひいき》にしてもらっていた。

「香織さん、僕の職業がわかりますか？」

神経を集中してその男性を見つめると、すぐに野球をしているイメージが浮かび上がった。年齢的に現役の選手には見えないので、コーチやスタッフなのかもしれない。それならば名刺を持っていないのも納得できる。

「ひょっとして、プロ野球関係の方じゃありませんか？」

それを聞いた先生は、飲みかけのウィスキーを噴き出してしまった。

「香織ちゃん。冗談も休み休み言ってよ。こいつがプロ野球関係のはずがないだろう。やっぱり香織ちゃんの占いは微妙だな」

「どうしてプロ野球関係者だと思ったの？」

松本は神妙な顔をしながらそう訊ねた。

「なんか野球をしているイメージが浮かんだんで、外れていたらすみません。それでどんなお仕事をされているのですか」

松本はニヤリと笑って水割りを一口飲んだ。

「まあ、全く外れと言うわけじゃないけど、プロ野球とは全然関係ありませんね。まあ、僕の仕事の話なんか面白くないですよ。まあ、敢えていうなら、しがない公務員ですからね」

気分を悪くさせてしまっただろうか。占いは当てればいいという訳ではなく、相手にお金を払っても占って欲しいと思わせなければならない。その辺のテクニックが香織には身に付かなかった。

「せっかくだから、僕の恋愛運を占ってもらえますか」

「喜んで」

名誉挽回とばかり、香織は大きく頷いた。

「以前から気になる女性がいるんですけど、いよいよデートという段階になるとなぜか急用がはいったり病気になったりして、当日のドタキャンが続いたんです。これって本当は脈がないってことですよね」

「その女性の写真とかありますかね」

松本はスマホに女性の写真を表示させた。目がクリッとした可愛らしい女性だったが、その写真から松本と繋がりそうなイメージは浮かばなかった。

「そうですね。この方はあまり松本さんとはご縁がないかもしれませんね」

「やっぱりそうですか。だけどもう一人気になる女性が現れたんですよ、こっちの女性はどうですか？」

松本は別の女性の写真を見せた。タヌキ顔の笑顔が印象的な女性だったが、彼女も松本と繋がりそうなイメージは湧いてこない。

「どうですかね。だけど松本さんには、これからもっといい女性が現れるかもしれませんよ」

一〇

「次、六、四、三のダブルプレー」

キャプテンがノックバットを振って、下級生を相手にダブルプレーの守備練習をしていた。松本はその光景をぼんやりと眺めながら、欠伸《あくび》を嚙み殺すのに苦労した。昨日は小説家の友人と遅くまで飲んでしまったので、朝から睡眠不足で大変だった。

小説家などという気楽な職業は何時まで飲んでいても構わないだろうが、教師が遅刻するわけにはいかない。しかも松本は野球部の顧問だったので、放課後に部活の面倒も見なければならなかった。

「次、五、四、三のダブルプレー」

キャプテンが打った白球が、サードの股間を抜けてレフト前に転がった。

ちなみに松本は野球部だった経歴はなく、若くて体力がありそうだからという理由だけで部の顧問をさせられていた。

「すいません！」

「もう一丁」

昨晩、香織というキャバクラ嬢に、プロ野球関係者と占われた時は少しだけ驚いた。

野球部の顧問をやっているのは友人の小説家にも言っていなかったので、香織に何かしらの霊感があることは間違いないと思った。しかしこの中学の野球部は一回戦負けの常連校で、プロ野球どころか高校のセレクションに引っかかる選手もいなかった。

「次、二、五、三のダブルプレー」

松本は恋人と別れたばかりだった。

相手は同じ中学の教師で、今年の春からの付き合いだった。しかし彼女とラブホテルに入るところを、たまたま保護者に見られてしまったのが運の尽きだった。中学校というのは非常に閉ざされた世界で、そんなことがあるとあっという間に噂が広まり、お互いに気まずくなってしまい別れてしまった。

教師は男女の出会いが少ない仕事なので、そうなるとますます外に出会いを求めるしかなかった。友人の小説家に懇願して生まれて初めてキャバクラに連れて行ってもらったが、百戦錬磨のキャバ嬢たちにはとても太刀打ちできないと思った。

ちなみに教師が生徒と付き合うドラマなどがあるが、そのようなことは現実的には皆無だった。発覚すればすぐに教師を首になってしまうし、年齢的にも犯罪行為になりかねない。生徒が卒業後に付き合う分には問題はないが、松本が知る限りそれで結婚したような教師は一人もいなかった。

《マー君。やっとコロナが治ったよ。今週末の予定はどうかな？　杏梨》

そんなメッセージが松本のスマホに着信した。

リアルの場での出会いが期待できなくても、最近はマッチングアプリという便利なものがあると小説家から教えてもらった。しかしマッチングアプリでも、保護者や生徒にばれると困るので、大手のアプリを使うのは控えていた。

この杏梨という二二歳の女性は、クリッとした目をした可愛らしい女性だった。松本に気があるようなメッセージを何回も送ってきていたが、いざ会おうとするたびに急用が入ったり体調が悪くなったりしてまだ一度も会えていなかった。

松本は従量制の課金タイプのユーザーなので、女性に何回もメッセージを送ると結構な金額になってしまう。

《松本さん、メッセージ有難うございます。私の趣味は料理です。得意な料理は肉じゃがとロールキャベツです。休みの日は、家で読書をしたりして過ごしています。雅代》

杏梨に比べて雅代は家庭的そうで好感が持てた。杏梨とやり取りするのはもう止めて、雅代一本に絞るべきではと思っていた。

《僕も本は大好きです。どんな本を読んだりするのですか》

《女性の作家さんが好きですね。先日は現役の女子大生が書いたミステリー大賞の作品を読みました。とても面白かったです》

《面白そうな小説ですね》

その作品は人工知能を扱った小説で、松本も興味を持っていた。

《是非、読んでみてください。松本さんはどんな本を読むのですか？　休日の日はどんなことをして過ごしていらっしゃるのですか？》

そう訊ねられて少し困った。本が好きとは答えたが、この一年間は一冊も本を読んでいなかった。
《本は好きですけど、最近は仕事が忙しくてそんなに読めていないんです。休日は映画を見たりしていますね》
そんなメッセージを送信すると、すぐにスマホに返信があった。
《マー君。土曜日の午後はどうしてる？　今週、ハリウッド映画の話題作が公開になるから、一緒に見に行かない？　杏梨》
雅代からかと思いチェックすると、杏梨からのメッセージだった。
《土曜の午後なら空いてなくもないけど、また直前で予定が入ったりするんじゃないの？》
さすがに松本も、杏梨の言葉を一〇〇％信じることはできなかった。
《今度は、絶対大丈夫！》
またドタキャンされるのだろうなと思いながらも、それでも期待してしまう自分が情けない。ふと、昨日の香織との会話を思い出した。やはりマッチングアプリなんかに頼っていては駄目なのかもしれない。
《いや、今週末はやめておくよ》
その後に新しいメッセージが着信した。
《松本さん。今度の土曜に映画を見に行きませんか？　雅代》

令和　陰獣

先生の最新作『令和　人間椅子』、大変楽しく読ませていただきました。

ＡＩ付きのマッサージチェアを、現代の人間椅子と見立てる発想の斬新さに驚かされ、先の読めない展開にページを捲る手が止まりませんでした。そして最後のオチを読んだ時には、思わず大きな声を上げてしまいました。

読後すぐに、江戸川乱歩版の『人間椅子』を買い求めました。

乱歩版も大変楽しく読みましたが、先生の作品の随所に原本のアイデアが盛り込まれているのを発見して、もう一度先生の作品を読み返してしまいました。二つの作品を読み較べてみて、大正と令和の二つの時代をタイムスリップするような感銘を受けました。そして同時にその二作品が書かれていた間に、科学技術が飛躍的に進歩したことに改めて驚きました。

しかし先生の『令和　人間椅子』では、ＡＩのような科学の進歩よりも、結局一番恐ろしいのは人間の邪悪な心だということを書かれたかったのではないでしょうか。それが文学作品における永遠のテーマなのかもしれませんね。

この乱歩シリーズは、別の作品でも続けられるとお聞きしました。次はどんな作品を書かれるのでしょうか。私は『屋根裏の散歩者』が好きなので、その令和版を書いていただけたらとても嬉しいです。

お忙しいとは思いますが、今後も先生のご活躍をお祈りしています。

先生の熱烈なファン　五十嵐《いがらし》愛莉《あいり》

追伸

先生の作中にもありましたが、いずれはＡＩが小説を書く時代が来るのでしょうか。実は私も何度か小説を書こうと挑戦してみたことがあるのですが、なかなか最後まで書ききれませんでした。最近の生成ＡＩの進歩は素晴らしく、新人賞を受賞した作品もあるようですが、先生はどう思われますか？

自宅に届いたピンクの花柄の封書の中に、達筆な文字で新作の感想が綴られていた。読者の感想となると最近ではＳＮＳでよく目にするが、嬉しいものばかりではなく、中には見当違いなものもあり誹謗中傷で傷つけられることも少なくなかった。しかしこんな風に、わざわざファンレターをもらえると、苦労して作品を書いたことが報われたような気分になる。

差出人の住所は横浜の沿岸部で、かつてその近くに住んでいたこともあったので、ますます親近感を抱いた。次回作の構想がなかなか纏《まと》まらなかったこともあり、私は戯れに彼女への返事をしたためることにした。

五十嵐愛莉様

お手紙どうも有難うございます。

日々の執筆のいい励みになります。

ご質問にあった生成ＡＩですが、私も戯れにＡＩに小説を書かせたことがあります。しかしそれなりに書くことはできるのですが、作品としてはあまり面白くはありませんね。まだ暫くは人間が頑張らなければならないようです。

一

二週間後、私は川崎の本屋でのサイン会に出席していた。

この日は合同サイン会で、若くて長髪のイケメン作家と、つい先日大きなミステリー賞を受賞したばかりの人気作家の二人と一緒だった。彼ら二人の前には長蛇の列ができていたが、私のサインを希望するファンは少なく、一人ひとりにじっくり対応をして時間を引き延ばさなければならなかった。

しかし遂に列が途切れてしまい、困ったなと思いながら手持ち無沙汰にしていると、ストレートな黒髪のワンレンボブの女性が歩いてくるのに気が付いた。きれいに揃えられた黒い前髪と、濡れたように輝く黒く大きな瞳に惹きつけられた。彼女はスタイルもよく、ピンと胸を張りながらランウェイを歩くファッションモデルのようにゆっくりと近づいてくる。

両隣の二人の作家も彼女に気付き、サインをする手が止まった。彼女はまっすぐ私に向かって歩いてきて、遂に目の前に立ち止まり私の新刊本を差し出した。

「先生、有難うございました」

その顔をまじまじと見たが、どこかで会った記憶はない。

女性に人一倍関心のあるこの私が、こんな美人を忘れるはずがない。

「どこかで、お会いしたことがありましたか?」

「先日、お手紙を差し上げた五十嵐愛莉です。まさか先生からお返事がいただけるとは思いませんでした」

あのファンレターをくれた彼女が、わざわざサイン会にやってきてくれたのだった。

彼女の住所が横浜だったことを思い出し、それならば川崎のこの会場にやってくるのも不思議ではないなと思った。

「あー、あの手紙の。こちらこそどうも有難う。新刊も買ってくれたのですね。早速サインをしましょう。もう一度、お名前を教えてくれますか」

サイン会では、希望があれば本人の名前を入れることにしていた。

「五十嵐愛莉です。愛は愛情の愛。莉は草冠に利益の利です。先生のサインがいただけるなんて、本当に嬉しいです。私、先生の本は全部読んでいるんですよ」

私は頬が緩むのを抑えられない。

両隣の二人の作家も、私たちの会話に耳をそばだてていた。やっと彼らに一矢報いることができたような気がして痛快な気分だった。彼女の名前と私のサイン、今日の日付を書いた後に、落款《らっかん》に朱肉を付けて押印した。

「先生、握手していただけますか？」

愛莉が雪のように白い手を差し伸べる。

「もちろん」

握った手が思いの外冷たくて、私は少しだけ驚いた。

「そう言えば、江戸川乱歩シリーズの第二弾は何になったんですか？」

「ああそれならば、あなたの希望通りに『屋根裏の散歩者』の令和版にしたよ。来月号の雑誌に載るから楽しみにしてください」

「本当ですか。私、絶対に読みます」

二

先日は、サイン会で先生とお話ができてとても嬉しかったです。

新作の『令和　屋根裏の散歩者』も、大変楽しく読ませていただきました。野良Wi-Fiで日常生活を覗《のぞ》かれる恐怖は、小説であることを忘れてしまうほど怖かったです。

しかしなんと恐ろしいことに、私の身に先生の作品と全く同じような災いが降りかかってきたのです。その相談に乗っていただきたく、今、筆を執っています。

きっかけは先週届いた一通の手紙でした。

その手紙には差出人が書かれておらず、封を開けると中には次のようなことが書かれていました。恥ずかしい内容もありますが、事の重大性に鑑みてその手紙のコピーを同封しましたのでまずはご一読下さい。


遂にお前の居場所を突き止めた。

今までさんざん俺を虚仮《こけ》にしてきた酬いを、お前は受けなければならない。俺はお前に金と時間と有り余る愛情を与えてきたのに、お前は俺をあっさりと裏切った。お前は本当の名前も年齢も経歴も、一切教えはしなかった。しかし俺はありとあらゆる方法を使って、お前の本名も職場も、そしてこの手紙が届けられたように今の住所も突き止めた。

お前が恐怖するべきは、単に家を突き止められたことだけではない。

俺は昨日、お前が部屋の中で何をしていたのかその全てを知っている。

お前は朝の七時三〇分に起床した。その後、テレビで朝の情報番組を見ながら、トーストとスクランブルエッグとサラダの簡単な朝食をとった。トーストにはブルーベリーのジャムを塗り、レタスときゅうりとプチトマトのサラダにはイタリアンドレッシングをかけた。

朝食を食べ終わると、赤いワンピースに着替えて外出をした。ちなみに赤いワンピースの下に着けていたのは、上下ともにベージュ色の下着でストッキングは黒だった。

その後午後七時三〇分に帰ってきたお前は、風呂を沸かして四五分かけてゆっくり入浴した。なんで四五分もかかったかというと、お前は風呂で本を読む趣味があるからだ。今、読んでいるのは、『イヤミス』の女王と呼ばれる人気女性作家の最新作だ。

風呂から出た後は冷蔵庫から缶ビールを取り出し一口飲むと、デパ地下で買ったハンバーグ弁当を、イケメン俳優が出ている刑事ドラマを見ながら食べた。食べ終わると弁当の空き容器をゴミ箱に捨て、テレビを見ながら時間を潰したが、一一時になって電気を消してベッドに横になった。そしてすぐに寝るのかと思ったが、その後お前は一五分間ばかり自分で自分を慰めた後にやっと眠りに落ちた。

このように俺はお前の部屋での行動を全て把握している。

今まで俺にしてきた仕打ちに対して、どんな復讐をしてやろうかと思うと心が躍る。まずは精神的なダメージを与えようと思いこの手紙を書いた。警察に相談するのは自由だが、その時はお前が今までやってきたことや、一糸纏わぬお前の裸体を撮影した写真をネット上に公開する。

とりあえず、今日のところはここまでだ。

また手紙を出すので、とりあえずそれまで一人で怖がっていろ。

復讐者より

この手紙を読み終わって、私はすぐに浴室の天井を調べました。そこから犯人が侵入したのではないかと思ったからです。

先生の小説にも書かれていたように、天井にはねじ止めされた蓋のようなものがあり、椅子に乗ってその蓋を開けると人が入れるぐらいの空間がありました。それは換気口に繋がっているようでしたが、上階に繋がる穴はありませんでした。念のためマンションの管理人や部屋の上下左右の住人のことも調べましたが、私には一切関係のない人物ばかりでした。

手紙に書かれている部屋での行動は、全て事実です。今でも復讐者に全て覗かれていると思うと、怖くて仕様がありません。
私はどうしたらよいのでしょうか。
先生ならば、復讐者がどうやってこの部屋を覗いているのか分かるのではと思い、泣きたくなる気持ちでこの手紙を書いています。

五十嵐愛莉

追伸
ちなみに私は自分のポケットＷｉ－Ｆｉを持っていますので、部屋で野良Ｗｉ－Ｆｉを繋いだことはありません。

三

愛莉さんへ
手紙に書かれていることが事実ならば、愛莉さんのスマホがハッキングされている可能性が高いと思います。スマホをウィルスに感染させて、外部から乗っ取る方法があります。

スマホには遠隔操作機能があるので、乗っ取られると通話や通信が盗聴でき、さらには内蔵カメラとマイクを外部から作動させることができるのです。愛莉さんが部屋にいる時に、そうやってカメラやマイクを作動させることにより、盗聴や部屋の内部の撮影をすることができるのです。犯人はそうやって、部屋での行動を監視しているのだと思います。

最近スマホの充電がすぐに切れたり、やたらと動作が遅くなったりしていませんか。また身に覚えのないログイン履歴や、ダウンロードした記憶のないアプリがディスプレイに表示されていませんでしょうか？

まずは早急に、専門家にスマホを調べてもらうべきでしょう。

愛莉さんの留守中に犯人が部屋に入ってカメラや盗聴器が仕掛けられた可能性も否定はできませんが、かなり手間のかかることなので、やはりスマホのハッキングを疑うべきでしょう。

仮にスマホのウィルスを除去しても、自宅の住所が特定されているのは不安ですよね。警察に相談することが肝心だと思いますが、残念ながら日本の警察は何か事件が起こらないと本格的に動いてはくれません。それは今まで数々のストーカー事件が、悲惨な結末となってしまったことでもお分かりになると思います。

それでも警察に届けるのは、無駄ではありません。パトロールを強化することぐらいはしてくれるでしょうし、犯人がスマホを乗っ取って監視をしているのならば、警察に相談したことが伝わりますから、何かしらの抑止力にはなるでしょう。

手紙の文面を読むと、犯人は相当愛莉さんのことを恨んでいるようですが、犯人の心当たりはありますか。多少なりとも相手のことが分かれば不安が減りますし、対策が立てられるかもしれません。

完全殺人のトリックを思いついたりすると、それを犯罪者に悪用されてしまうのではないかと心配する人がいる。しかし、推理小説のアイデアを実際に行うとなると、手間や時間ばかりかかってあまり現実的ではなかった。

『令和　屋根裏の散歩者』に書いたように、マンションの上の階の浴室に穴をあけ、下の階の浴室の天井から忍び込むぐらいならば、部屋にカメラや盗聴器を仕掛ける方が現実的だ。さらにウィルス付きのメールでスマホをハッキングして遠隔操作する方が一〇〇倍簡単な方法だった。

私の予想通りに愛莉のスマホが遠隔操作されていたとすれば、ハッキングしたのは復讐者と名乗って手紙を送り付けてきた人物であることは間違いない。愛莉の住所が特定されているので、その犯人を探し出さないと、彼女の身の上に何が起きるか分からない。

果たして犯人の目的は何なのだろうか。

四

一週間後、自宅に愛莉からの手紙が届いた。

親愛なる先生へ

復讐者を名乗る人物から、また手紙が届きました。

前回と同じように私の部屋での行動が詳細に書かれていて、本当に身の毛がよだつ思いです。部屋にカメラや盗聴器がないかを調べましたが、やはりそれらしきものは見つかりませんでした。

先生のアドバイスに従って、スマホをセキュリティ会社に見てもらいましたら、遠隔操作アプリがダウンロードされていたことがわかりました。すぐにアンインストールしてもらったので、今は少し安心しています。しかしまた仕掛けられるかもしれませんし、何より自宅を知られてしまったのが恐ろしいです。

犯人が誰なのか、私には多少の心当たりがあります。

これから書くことは、今まで誰にも話したことのないことですので、できれば先生一人の胸の内にしまっておいていただきたいです。そして読み終わった後に、この手紙も処分していただけると幸いです。

私は大学生の頃、「パパ活」をやっていました。

「パパ活」とは、アプリなどで知り合った男性と食事をして、数千円から数万円のお金をいただくことです。大学の友人もやっていたので、私もアルバイト感覚の軽い気持ちで始めてしまったのです。食事だけでは収まらず男女の関係になってしまったり、最初からそれが目的でやっている女の子も少なくありませんが、私はその一線はきちんと守っていました。しかし結果的にはそれが仇《あだ》となって、このような事件が起こってしまったようです。

食事は高級フランス料理やお寿司などかなり高額なものもあり、二人で数万円になることは珍しくありません。さらに私へのお手当を含めるとかなりの金額になります。しかし私がそれ以上の関係を拒んでいましたので、大概の男性は興味をなくして去っていくか、逆に本当の親子のように会話を楽しむ関係となり長続きする方も多かったのです。

しかし中には食事の後に、しつこくそれ以上のことを求めてくる方もいらっしゃいました。そうなると私も怖くなって、なるべく接触しないようにするのですが、それが却って相手を逆上させて侮辱や誹謗中傷、そして脅迫のようなメッセージが届くようになり、最後は着信拒否にして一切連絡を取らないようにしていました。

アプリに登録する時は本名と身分証明書が必要ですが、アプリ内で連絡を取り合う限りでは偽名やニックネームでも構いません。だから大丈夫だと思っていたのですが、なぜか復讐者に私の名前や住所を知られてしまいました。食事をした時に個人情報に繋がるようなことを言ってしまったのか、それともプロフィール写真に映りこんでいたものが何かのヒントになってしまったのかもしれません。

つまり犯人は、私が「パパ活」をしていた時に知り合った男性の誰かだと思います。当時、そうやって着信拒否にした人は複数いたので、犯人がその中の誰なのかはわかりません。

そんな事情ですので、なかなか警察には相談しにくいのです。

それに犯人の手紙に書かれていたように、私の裸が盗撮されていた可能性は否定できません。それをネットで晒されたらと思うと、怖くて夜も眠れません。

五十嵐愛莉

追伸
何かあった時のため、私の連絡先をお教えします。

０９０－○○○○－○○○○

手紙を読んで、思わず唸り声を上げてしまった。

実は私は「パパ活」をテーマにした小説も書いていて、当事者に取材をしたこともあった。昭和の時代に、若い女性を金持ちオヤジに愛人として紹介する「愛人バンク」が話題になった。それが令和の今では、よりカジュアルな「パパ活」に姿を変えて広く認知されていた。「パパ活」は売春とは違い、あくまで自由恋愛の延長ということになっていた。

高級レストランで食事をご馳走になり、ブランド品のプレゼントをもらう。中には海外旅行に連れて行ってもらったりする女性もいて、お金持ちのパパを求めて積極的に「パパ活」に勤《いそ》しむ女性も少なくなかった。特に女子大生は人気があり、授業料や生活費の足しにするために、キャンパス内で一気に浸透してしまった。愛莉が言うように「パパ活」をしている女子大生は珍しくはなく、そこまでしなくても「パパ活」専用アプリに登録したことのある女子大生は相当な数になると言われていた。

しかしお金持ちのパパと付き合えるケースはごく僅かで、実際は見知らぬ男女が直接金銭のやり取りをすることで様々なトラブルが起こっていた。女性が睡眠薬を飲まされてレイプされたり、暴力を振るわれたりすることもあり、また約束通りに金が支払われないことも少なくなかった。その一方で美人局《つつもたせ》的な脅迫事件や、男性側が詐欺やマルチ商法に巻き込まれるなどの被害もあった。

そして「パパ活」がきっかけで、殺人事件に発展してしまう事件も起こっていた。

愛莉さんへ

事情は良くわかりました。

スマホの遠隔操作アプリを削除して、とりあえず良かったと思います。これからも怪しいメールや、むやみにパスワードを訊き出そうとするメールはクリックしないようにしてください。

盗撮されたことを心配する気持ちはよくわかります。

しかし個人情報や写真をネット上に晒されても、素早く対応すれば削除要請をすることができます。それに犯人の目的は復讐ですから、すぐに愛莉さんの個人情報をネットに晒すことはしないと思います。必ずその前に愛莉さんに接触し、金品や何かしらの要求をしてくるものと考えられます。

その時がチャンスです。

そこで犯人を捕まえて、盗撮された写真や動画のデータを押収しましょう。それさえできれば、犯人がやっていることは悪質な犯罪行為ですから、警察に通報することができます。ですから安易に犯人の要求に従うような考えはやめましょう。

私の携帯番号も書いておきます。

犯人からの連絡があったら、遠慮なく電話してください。

五

今度の土曜日、午後一二時に、お前のマンションに行きます。

風呂できれいに体を洗って、いつもの柑橘系のコロンを着けて待っていなさい。

復讐者より

「先生を事件に巻き込んでしまい、何とお詫びを言っていいのかわかりません。だけどこんな手紙が送られてきたので、私、怖くてどうしていいか分からなくなってしまって、気が付いた時には先生に電話をしてしまっていました」

愛莉が頭を下げるとワンレンのきれいな黒髪が揺れて、柑橘系のいい匂いが部屋の中に漂った。

私の携帯に愛莉から電話が掛かってきたのは、私が手紙を出したその翌々日のことだった。その日の午後に、彼女は復讐者が部屋に訪れる旨の手紙を受け取っていた。

「あんな手紙が来てしまったら放っておけないよ。それに犯人は私の小説を参考にしたのかもしれないと思うと、私にも責任がないわけではないからね」

愛莉の部屋は横浜駅近くの一〇階建てマンションの八階で、彼女の部屋に入るのは、もちろんこれが初めてだった。壁の時計の針は午後一〇時を過ぎていて、犯人がやって来るまであと二時間と迫っていた。

「ちょっと部屋の中を調べてもいいかな。カメラや盗聴器があるかもしれないから」

「どうぞ。散らかっていてお恥ずかしいのですが」

愛莉はそう言ったが、部屋の中は整理整頓されていてゴミ屑一つ落ちていない。

私は廊下をまっすぐに進み浴室の前に立った。ドアを開けて浴室の天井を見上げると、開閉できるプラスチック製の蓋が見えた。椅子に登りその蓋を押し開けると、私が小説に書いたように換気口へと続く空間があった。しかし愛莉の手紙にもあったように、そこから上に抜ける空洞はなく、他に細工が仕掛けられているようすもない。

浴室以外にも異常がないか注意深く見て回った。

どこかに隠しカメラが仕掛けられていないか。こういう時は、犯人の気持ちになって考えることが肝心だった。幸いに私はミステリー作家なので、犯人の心理を想像することには長けていた。浴室に異常がなかったとすれば、次に怪しいのはベッドルームだ。

まずはベッドルームのコンセントの周りを調べた。

長時間カメラや盗聴器を作動させるためには電源が必要だった。電源に繋がれていないカメラや盗聴器は、バッテリーが無くなってしまえば動かなくなってしまう。スマホを遠隔操作して行う盗撮や盗聴は、有難いことに被害者がわざわざ充電をしてくれるので都合が良いのだ。

または定期的に取り換える観葉植物などにカメラを仕込んで盗撮し、業者に扮して回収する方法もある。それならばコンセントに繋がなくても盗撮が可能だったが、一人暮らしの愛莉の部屋にそんなものがあるはずもない。

寝室のシングルベッドには、白いシーツとピンクの羽毛布団が敷かれていた。カメラを仕掛けるとすれば、ベッドの脇の収納タンスが最適だろう。そこにカメラのレンズらしきものがないか探してみたが、やはりそれらしきものは見当たらない。しかし超小型カメラの可能性もあるので、念のためにタンスの一番上の引き出しを引いてみると、色とりどりの下着が目に飛び込んできて私は慌てて引き出しを戻した。

「先生、コーヒーを淹れましたので、とりあえず休んでください」

その声にどきりとして振り返ると、リビングキッチンのソファーセットのテーブルに湯気の立ったコーヒーカップがあった。

「有難う」

振り返りざまにもう一度ベッドルームを見回したが、やはりカメラが仕掛けられているようには見えなかった。愛莉がコーヒーを淹れてくれたリビングキッチンに移動して、ピンクのソファーに腰を下ろした。

「愛莉さんは、家でスマホスタンドを使っている?」

彼女は首を左右に振った。

「いつも家では、スマホはどこに置いているの?」

「たいがいテーブルの上に置いています。充電器に繋いでいる時は、そのまま床に置いてしまうことが多いです」

今も彼女のスマホは、テーブルの上に仰向けに置かれていた。

リビングキッチンの様子を見回しながら、コーヒーを一口啜《すす》る。女性が一人で暮らすには、この部屋はかなり広いような気がした。ここの家賃はいくらだろうか。今はOLをしていると言っていたが、愛莉はどのぐらいの給料をもらっているのか。それともこの家賃は、「パパ活」をしていた頃の貯えから出しているのか。

「犯人は、どうしてこの部屋に来ようと思ったのかな?」

「スマホに電話が掛かってきたのです。私が話し合いをしたいって言ったら、私の自宅ならば会っても良いって言うのです。そして時刻は後で手紙を出すと告げられて、一方的に切られたんです」

一人暮らしの女性の部屋に上がり込んで、力ずくで愛莉をものにしようと考えたのだろうか。

「その時の電話の声から、犯人の目星はついた？」

コーヒーをもう一口啜りながらそう訊ねた。

「犯人は機械みたいに音声を変えていたので、わかりませんでした。顔を見ればすぐに誰だかはっきりすると思いますから、敢えて会ってみようと思ったのです」

犯人の目的は何か。

「パパ活」をしていたぐらいだから、男女の関係になりたいのだろうが、何度も手紙を送り付けて脅迫まがいのことをしてしまった以上、愛莉をものにすることはできないだろう。そこで愛莉の裸の写真を撮って、それをネタに脅迫をすることを思い付いたのかもしれない。

コーヒーをもう一口啜りながら壁の時計に目をやると、約束の一二時まであと一〇分と迫っていた。ふと窓の外に目をやると、みなとみらい地区の観覧車や高層ホテルの夜景が見えた。

「先生、犯人がやってきたら私はどうすればいいですか」

愛莉がテーブルを挟んだ私の前に座り、眉間に皺を寄せた。

「このマンションは入口がオートロックになっているから、部屋に入ってくる前に入口のカメラで犯人の顔を確認できる。その段階で犯人が特定できるから、部屋に犯人を招き入れて説得をしようと思っている」

「上手くいくでしょうか」

「それぱっかりはわからない。しかし君と一緒に男性の私がいれば、犯人も手荒なことはできないだろう。危険を感じたらすぐに警備会社に来てもらおう。私の方で警備会社には、事前に連絡をしておいたから」

このマンションは二四時間体制で警備されていて、通報があれば一五分以内に警備員が駆け付けてくれるようになっていた。

「本当に先生を、こんなことに巻き込んでしまってすいません」

愛莉が申し訳なさそうに頭を下げた瞬間に、テーブルの上の愛莉のスマホが鳴った。小さく震えるスマホのディスプレイには、「非通知」と表示されている。引きつった愛莉の顔を見るまでもなく、その電話が犯人からであることは明らかだ。

「とにかく落ち着いて。そしてスマホの録音機能をオンにしてから、スピーカー設定で電話の通話ボタンを押してみて」

彼女は指示通りにスピーカーで通話が聞こえるように設定して、スマホをテーブルの上に置いた。

『もしもし』

ボイスチェンジャーで機械音に加工された、気味の悪い男の声が聞こえてきた。

「も、もしもし」

愛莉の声が震えている。

『今、部屋にいる奴は誰だ』

私は愛莉と目を見合わせてしまった。どうしてこの男は、この部屋に私がいることがわかるのだろう。愛莉のスマホの遠隔操作アプリはアンインストールされたはずだ。

「誰もいません。ここには私しかいません」

『嘘をつくな。俺はお前の家の様子は手に取るようにわかるんだ。今、お前の目の前にいる黄色いセーターを着た男は誰だ』

どうして犯人に部屋の様子がわかるのだろうか。

「そ、それは……」

何と答えるべきなのか、愛莉は唇をわなわな震わせながら私の顔をじっと見た。

私は部屋の中をぐるりと見渡し、カーテンが掛かっていない窓の方に目をやった。犯人は遠くのどこかから、この部屋を監視しているのではないだろうか。

「私はネクストワン法律事務所の平沼《ひらぬま》と言います」

もしもの時はそう名乗ろうと決めていた。ちなみに平沼は、私が小説の法律監修をしてもらっている弁護士だった。

「あなたがやっていることは脅迫罪に相当します。脅迫罪は刑法第二二二条にあるように、二年以下の懲役、または三〇万円以下の罰金が科されます。さらにスマホの乗っ取りによる盗撮は不正指令電磁的記録供用罪となり、三年以下の懲役、または五〇万円以下の罰金となります」

事前に平沼に相談をして、アドバイスをもらっていた。

『だからどうした。俺が誰だかわからなければ、いくら警察だって捕まえることはできないだろう』

「果たしてそうでしょうか」

犯人と愛莉が「パパ活」で知り合ったのならば、マッチングアプリ会社に犯人の身分証明書の写しがあるはずだ。

『愛莉の淫らな写真をネットで拡散してもいいのか』

「ネットの誹謗中傷が社会事件化するようになり、プロバイダ責任制限法が改正になりました。それにより問題あるIPアドレスは、迅速かつ簡単に開示されるようになりました」

それでも相手が巧妙なハッカーだったら、漫画喫茶のパソコンを使うなど自分が特定されない方法を使うだろう。しかしこう警告することで一定の抑止力にはなるはずだ。

「しかし私は、そもそもあなたはそんな写真を持っていないと思っています」

『どうして、そんなことが言えるんだ』

心なしか犯人の声が弱くなった。

「あなたが愛莉さんのスマホをハッキングして盗撮や盗聴をしていたとしても、そんなに都合よく裸の写真など撮れないからです。彼女がスマホスタンドを使っていれば別ですが、テーブルの上に置いてあるスマホに都合よく裸の姿が映りこむことは、角度的にありえません」

『……』

犯人は何も答えない。

反論をしないということは、痛いところを突かれたからだろう。私は立ち上がり、窓に近づき白いレースのカーテンを開けて周囲の様子を窺った。マンションのすぐ下には高速道路が走っていて、その向こう側には横浜港を行き来する船の姿が見えた。さらにその先には、みなとみらい地区の高層ホテルが見える。

「部屋の中を調べましたが、カメラが仕掛けられている形跡はありませんでした。もしもあなたが愛莉さんの写真を撮ったというのならば、それはこの部屋が覗けるどこかから超望遠レンズを使って撮影したとしか思えません。もしもそうならば、その写真の角度などから撮影場所が特定できる。例えばこの部屋が見える高層ホテルの一室などは、格好の撮影ポイントかもしれません。あなたは今でも、そこからこの部屋の様子を窺っているんじゃないですか」

私はレースのカーテンの内側の厚手のピンクのカーテンを閉めた。もしも本当に犯人が望遠レンズで覗いていたならば、これでもう部屋の様子は分からないはずだ。

「それにいくら非通知設定で電話をしてきても、電話会社ならばその番号を特定することができます。この電話は録音しているし、あなたがこれ以上愛莉さんに付き纏うならば、これを持って警察に行きます。それでもいいんですか！」

その一言をきっかけに電話は切れてしまい、部屋の中には、ツー、ツーという機械音だけが響いていた。

「先生、あんなことを言ってしまって大丈夫でしょうか」

愛莉が泣きそうな顔でそう訊ねた。

「ちょっと乱暴だったかもしれないが、逆にあれだけ言えば無茶なことはしないはずだ。それに犯人は、君の盗撮写真を持っていないはずだ」

私はソファーに座り直し、すっかり冷たくなってしまったコーヒーを一口啜った。

「どうしてそんなことが言えるのですか？」

「もしも犯人が決定的な写真を撮っていれば、一枚ぐらいは送ってきているはずだからだよ。今まで何回も脅迫文は送ってきたけれど、一枚の写真も同封されていなかったよね？」

愛莉は小さく頷いた。

「写真がなければ恐れることはない。もしも個人情報が晒されても、すぐに削除要請を出せば大事にはならないから」

ネット上には「パパ活」に関する地雷掲示板などもあったが、削除要請をすれば掲示板ごと閉鎖することができた。弁護士の平沼に頼めば、きっと迅速に対応してくれるはずだ。

「犯人が逆上して、ここに殴り込んできたりはしませんかね？」

私は小首を捻って考える。

「確かにそれはあるかもしれないけど、オートロックのこのマンションに犯人がやってきても、君が許可しない限りマンションに入れるわけではない。うまく忍び込めたとしても、部屋の鍵を開けなければいいだけだし、最悪の場合は警備会社に連絡すればすぐに駆けつけてくれるはずだ」

安心させるつもりでそう言ったが、愛莉の泣きそうな顔は変わらなかった。ここにやってくるはずだった犯人が、まだ近くにいる可能性は十分にある。このままでは、怖くてコンビニにすら行くことはできないだろう。

「先生、せめて朝までこの部屋にいてもらえませんか」

六

翌日の昼まで愛莉の部屋で過ごしたが、結局何も起こらなかった。

「昨日は大丈夫だったけれど、しばらく用心した方がいいね。何かあったら遠慮なく電話をしていいからね」

犯人が姿を現さないからと言って、すぐに警戒を緩めるわけにはいかなかった。今もこのマンションを監視している可能性もある。

「先生にはすっかりお世話になってしまって、なんとお礼を言っていいのかわかりません」

「いや、小説のいいネタにもなったし、そんなに気にしないでいいよ」

なかなかスリリングな一夜だった。本当にいつかこの事件をネタに、長編小説を書いてみようかと思った。

「先生。今度、お礼にお食事をご馳走させてください」

その言葉通りに、一週間後に私は愛莉と二人で食事をした。愛莉があまりに熱心に誘うので断るのも失礼だったし、彼女の周囲に危険なことが起こっていないか確認する必要もあった。

『先生、ちょっと相談に乗ってくれますか』

その後も愛莉からは頻繁に電話が掛かってきた。その度に食事をしようということになり、気が付けば毎週一回は彼女と会うようになった。

「マンションの管理会社と警備会社には、まめに連絡を入れること」

「定期的にネットでエゴサーチをして、自分の個人情報が晒されていないか、調べてみた方がいい」

「言える範囲内でいいので警察に相談して、パトロールを強化してもらうように」

その度に愛莉に細かく指示を出した。

七

そしてあの夜から、一ヵ月の月日が経とうとしていた。

「きっともう大丈夫ですよ。特に変わったことはありませんし、最近ではぐっすり眠れるようになりました」

愛莉が白い歯を見せる。

事件直後は青ざめていたが最近はよく笑うようになり、まるであの事件のことなど忘れてしまったようだった。

それは私も同様で徐々に事件の記憶は薄れていき、純粋に若くてきれいな愛莉との食事を楽しんでいる自分がいた。彼女は文学少女だったので、私が次回作の構想や、創作の裏話などを話すと目を輝かせた。一時間経っても二時間経っても話が尽きることがなく、もともと私のファンだった愛莉は、今回の件でますます私に心酔してしまったようだ。

周囲から見れば、私たち二人はまるで恋人のように映っていたことだろう。

「これはまだ秘密だけど、私の小説の映画化が決まったんだ」

一般人には話さないようにと言われていたが、つい調子に乗ってそんな極秘情報まで、彼女に打ち明けるようになっていた。

「凄いですね！　先生は本当に素敵です」

私の鼻の下はもはや伸びっぱなしだった。

「先生は本当に素晴らしいです。先生の書かれた小説の名探偵も大好きですが、実は先生自身がモデルなんじゃないのですか。先生は小説の中から飛び出してきた名探偵そのものです」

愛莉が長い睫毛を瞬かせる。私を見つめる目が熱っぽく潤み、アルコールのせいか鼻に抜けるような甘えた声を出した。

「先生、この後、私の部屋に寄っていただけませんか」

グラスにワインを注いだ後に、愛莉がそっと囁いた。黒髪から漂う柑橘系の匂いが私の鼻腔をくすぐると、酔いが一気に回ったような気分になった。

「いいの？」

そんな魅惑的な誘いに抗えるほど、私は聖人君子ではない。そしてあっさり、私たちは一線を越えてしまった。

その後、私は愛莉のマンションに入り浸るようになり、若い体に溺れていった。

「先生のことが大好きです。私、先生のためなら何でもしますから、私を先生の好きにしてください」

その言葉には嘘はなく、彼女は私に命令されればどんなことでも素直に従った。常に私に敬語を使い、やがてご主人様とメイドのような、いや王様と奴隷のような関係になった。

そして私は、愛莉の変わった性癖を知ることになる。

「先生のスマホで、私を好きなように撮影してください」

ビデオカメラやスマホで行為を撮影するのが好きな男性がいるが、愛莉は撮られることで興奮するタイプだった。

「これで私を戒めてください」

愛莉がアイマスクと革製の拘束グッズを差し出した。少し躊躇《ためら》ったがあまりに懇願するので、言われた通りに彼女の自由を奪い責め立てた。

しかしまだここまでは、ちょっとした大人の遊びだと思っていた。

拘束プレイや言葉責めなど、ソフトなＳＭが若者の間で流行っていると聞いた記憶があったし、私もまんざら興味がないわけではない。

色白でスタイルのよい愛莉が、黒いボンデージの拘束具を身に着けた姿は、エロチックであると同時に文学的でもあった。これをネタに新しい小説が書けないものかと思案した。

「私は先生の奴隷です。どうぞお仕置きをしてください」

私は一本の鞭《むち》を手渡された。

柄の部分で何本もの革紐が束ねられていて、叩くと一本鞭よりも大きくていい音がした。それで愛莉の形の良い尻を叩くと、真っ白い彼女の柔肌がみるみる内に赤くなっていく。

愛莉は喜悦の声を上げながら恍惚《こうこつ》の表情を浮かべたが、暴力的なことが好きでない私は今ひとつその気になれなかった。さらに蠟燭《ろうそく》でのプレイもやらされたが、こうなると奉仕しているのはこっちのようで全く面白くない。

「先生、お願いです。私の首を絞めてください」

そう言われた瞬間に私は一気に冷めてしまい、二度とこの部屋に来るのは止めようと決意した。

八

「五十嵐愛莉さんの件で、ちょっとお話を聞かせてもらえますか」

トレンチコートを着た中年男性が、突然家に訪ねてきた。

「私、神奈川県警捜査一課の鈴木《すずき》と言います」

ぼさぼさの髪の毛をした目つきの悪い中年男が、黒い警察手帳を提示しながらそう言った。小説家をやっているので、警察関係者を取材したこともあったが、殺人や放火などの凶悪犯罪を担当する捜査一課の知り合いはいなかった。

「愛莉がどうかしましたか」

嫌な予感で胸騒ぎがした。

「ご存じないですか？」

「はい。もう彼女とは半年ぐらい会っていませんので」

異常な性癖に付き合いきれなくなり、私は愛莉と会うのを止めてしまった。彼女もそれを察したようで、いつの間にか私たちの関係は終わっていた。

「五十嵐さんは、横浜のGホテルで死亡しました」

私は思わず耳を疑った。

「彼女に一体何があったのですか？」

「捜査中の事件なので、これ以上のことは申し上げられません」

ただの病死ならば警察が調べ回ることはないだろう。

「あなたは、五十嵐さんとはどういう関係だったのですか？」

「まあ、作家と一ファンという関係です」

「どこで知り合ったんですか？」

「自宅にファンレターが届いたんです」

「本当ですか？　アプリで知り合ったんじゃないのですか？」

中年男は訝《いぶか》しむような眼で私を見た。

「アプリ？　それはどういう意味ですか？」

「あなたはパパ活アプリで五十嵐さんと知り合った。彼女はあなたのパパ活の相手だった。違いますか？」

「まさか、違います。私はパパ活なんかやったことはありません」

私は大きな声で否定した。しかしこの中年男がパパ活のことに勘付いているならば、知っていることを全部喋ってしまおうと思った。

「刑事さん、聞いてください。実は半年前にこんな事件があったんです」

愛莉に届いた脅迫文や電話で犯人と対峙したことなど、あの事件のあらましを説明した。しかし二人が男女の関係だったことは伏せておいた。

「あなたは横浜のGホテルをご存じですよね？」

「はい、知っています」

編集者との打ち合わせや仕事で缶詰にならなければならない時に、私はよくGホテルを利用していた。

「五十嵐さんが亡くなった先週の金曜日に、あなたをホテルのレストランで見掛けたという人がいます。あの日、あなたはGホテルに行きましたか？」

確かにその日、私はGホテルのロビーで編集者と打ち合わせをしていた。

「はい、行きました。だけど編集者と打ち合わせをしただけです。その後は自宅に戻って執筆をしていましたから」

「それを証明できる人はいますか？」

「妻は自宅にいましたから、もちろん証言できます」

「残念ながらご家族の証言は信憑性《しんぴょう》が低いので、証拠としては採用されないのです。それに五十嵐さんは深夜に亡くなりましたから、あなたが家を抜け出してGホテルに行かなかったことは証明できませんよね」

どうやら私は疑われているらしい。

「DNA捜査に協力してもらえますか。部屋に落ちていた髪の毛があなたのDNAと一致するか調べたいので」

気まずい別れ方をしたとはいえ、愛莉が死んでしまったと聞かされたのはショックだった。中年男が去ったすぐ後に、私はスマホに残っていた彼女の携帯番号に電話を掛けてみた。

『お掛けになった電話番号は、現在使われておりません。恐れ入りますが、番号をお確かめになってお掛け直しください』

電話を切った後に、検索エンジンに「五十嵐愛莉」と入力して調べてみる。

《五十嵐愛莉　この女、美人局です。自分が脅されたと言って金品を要求してきます。背後に暴力団もいますので注意してください》

そこには愛莉の住所と電話番号が晒されていた。書き込まれた日付をみると、今から二ヵ月ぐらい前だった。晒されているのは文字情報だけで、愛莉の画像は見当たらなかった。

あの犯人が、嫌がらせでこの書き込みをしたのだろうか。

私が犯人を罵倒したので、愛莉が心配していたように、逆上してしまったのかもしれない。その後、私があのマンションに来なくなったので、犯人は愛莉の命を奪ってしまったのだろうか。

九

先生に買い取ってもらいたい動画があります。証拠として一枚の写真をお送りします。金額は三〇〇万円でいかがでしょうか？


その三日後に、差出人不明の茶封筒が送られてきた。

手紙と一緒に一枚の写真が封入されていた。

その写真を見た時に、私は息が止まるほど驚いた。愛莉の部屋で裸の私が鞭を振るっている姿が写されていた。

どうやってこの写真を撮影したのか。

望遠レンズ付きのカメラで狙われたと思ったが、写真は明らかに部屋の中で撮影されたものだった。犯人は愛莉を諦めたと思っていたので、そんな写真を撮られているとは微塵も思っていなかった。

もう一度、送られてきた写真をまじまじと見る。

画像編集ソフトで合成された可能性も考えたが、どう見ても鞭を振るっているのは私で、恍惚の表情を浮かべているのは愛莉だった。

この写真や動画が公開されてしまえば、私の受けるダメージは計り知れない。作家としての評価は地に落ちて、週刊誌やネットニュースで面白おかしく扱われてしまうことだろう。既にクランクインしている私の小説の映画も、公開中止になってしまうかもしれない。

この写真を送り付けてきたのは、復讐者と名乗って愛莉を脅していたあの犯人しか考えられない。あの中年刑事に電話をして、助けを求めよう。私はすぐにもらった名刺の携帯番号に電話をした。しかしタイミングが悪いのか、何度掛けても繋がらなかった。

電話が繋がらずやきもきしていると、携帯に非通知設定の着信があった。

『もしもし』

通話ボタンを押すと、機械音に加工された男の声が聞こえてきた。

「誰だお前は！」

『先生、写真は見てもらえましたか』

「お前、あの写真をどうやって撮った」

『だから言ったじゃないですか、俺はあの部屋の様子は手に取るようにわかるって。俺にはそういう特殊な能力があるのです。今だって、先生のいるその部屋の様子が見えているかもしれませんよ』

思わず周囲を見回した。窓のカーテンは閉まっていたが、この部屋の中にも隠しカメラが仕掛けられているのではと、思わず背筋が寒くなる。

「愛莉が死んだのはお前のせいか」

『さあ、どうでしょう。そんな人のことよりも、先生ご自身のことを心配した方がいいんじゃないですか。あの写真と動画を先生が買ってくれないのならば、他の誰かに売ってしまうかもしれませんよ』

「誰に売るつもりだ」

『週刊誌とか、ネットのニュースサイトとか。売り先はいくらでもありますよ』

「芸能人じゃあるまいし、たかが作家のスキャンダルに、そんな高額な金を使うところがあるはずがない」

『それはわかりませんよ。これから先生は、もっともっと有名になりますからね。先生は小説が映画化されるぐらい有名ですからね』

まだ一般に公表されていないのに、どうして映画化のことまで知っているのか。本当にこの男は私の部屋の中が見えているのか。それとも私のスマホをハッキングして、SNSのメッセージを盗み見たのだろうか。

『先生、刑事さんにもマークされているそうですね。私があの写真を、警察に送ったらどうなるでしょうね』

状況証拠が揃っている上にあんな写真まで送られたら、本当に犯人にさせられてしまうかもしれない。

「三〇〇万円払ったら、あの写真と動画は本当に消去してくれるのか？」

『それはお約束します』

そんなの嘘に決まっている。写真や動画はいくらでもコピーできる。一度金を払ってしまえば、とことんしゃぶられるのは間違いない。

「金の支払いはどうすればいい」

敢えて私はそう訊ねた。犯人の仕掛けた罠に、わざと嵌まったふりをしようと思ったからだ。

『今から口座番号を言います』

男は某信用金庫の口座番号とその名義人の名前を口にした。

きっとこの口座は本人のものではなく、赤の他人の口座を買い取ったものだろう。それでも警察と信用金庫が本気で捜査をすれば、犯人に繋がる手掛かりが摑めるかもしれない。

『金はいつまでに振り込んでもらえますか？』

犯人にそう訊ねられた。

「今は手持ちの現金がないから、少し猶予をくれ」

『三日以内にお願いします。それ以上時間が掛かったら、あの写真と動画をネットに晒します』

一〇

「刑事さん、犯人から連絡がありました」

犯人からの電話を切った後に、大急ぎで刑事の携帯に電話をすると、今度はすぐに繋がった。犯人から写真と手紙が送られてきて、三〇〇万円を強請《ゆす》られていること、そして愛莉との関係も正直に話した。

『そうでしたか。そうなるとその男が真犯人である可能性が高いですね。ちなみに現場に落ちていた髪の毛は、先生のDNAとは一致しませんでした』

思わず胸を撫でおろした。

「有難うございます。私にできることなら何でも協力します」

あんな写真を撮られてしまった以上、犯人を逮捕するしか事件を解決する方法はない。

『先生、犯人の要求通りに口座に金を振り込んでください。指定された信用金庫は支店が少ないので、全支店に私服の捜査員を張りこませます。そしてその金を引き出そうとした人物を現場で取り押さえます。店内の監視カメラもありますし、先生が協力してくれれば必ず犯人は逮捕できます』

「だけど今は本当に現金がないんです。金を用意するまでに、二、三日は掛かってしまうかもしれません」

『そうなんですか。でも先生の小説が映画になるのじゃないんですか？』

「世間の人はよく勘違いするのですが、小説の映画化が決まったからといって、莫大な原作料がもらえるってわけじゃないんですよ」

映画が公開されて話題になって本が売れるか、またはその映画がヒットしてＤＶＤなどの二次使用料で後から金が入ってくるので、それまでは普通のサラリーマンよりもはるかに収入が少なかった。

『そうなんですか。とにかく早めにお金を用意してくださいね。犯人が動かなければ、こちらも対応のしようがありませんから』

消費者金融で借りようか。編集者から前借しようか。映画化の話をすれば、友人から借りることができるかもしれない。

金策を考えながらも、ちょっとした違和感を覚えた。

「そのお金を警察からお借りすることはできないのですか」

『警察も一種のお役所なので、そういうことはできない決まりになっています』

どうしてこの刑事は、私の小説が映画化されることを知っているのか。

私はこの刑事に小説が映画化される話をしていない。一般に公開されていない映画の情報を、エンタメ業界と関係のない刑事が知っているのはおかしい。

ならば刑事は、誰から映画化の話を聞いたのだろうか。

「鈴木さんは本部の刑事部の捜査一課ですよね。それとも所轄の刑事課ですか？」

『ホンブ？　ショカツ？　ああ、もちろん本部です』

ちょっと戸惑ったような間があった。

そもそもこの刑事が、一人で捜査をしているのもおかしかった。

軽い窃盗事件などでは刑事が一人で捜査をすることもあるが、殺人などの重大事件で殺人などの重大事件では、経験豊富な本部のエリート刑事と地域に詳しい所轄の刑事がタッグを組んで二人で捜査を行うはずだ。

「そう言えばこの前刑事さんは、一人で我が家に来ましたよね。刑事は原則二人で捜査をするんじゃないのですか？」

かつて刑事が一人で捜査をする話を書いてしまい、編集者から書き直しを命じられたことがあった。証言や証拠を二人で客観的に評価するため、また危険な事態に巻き込まれた時に対処するため、捜査一課の刑事は二人で行動するものだと教えられていた。

『たまたま私の相棒が、お腹が痛くなって同行できなかっただけです。普段は二人で捜査をしています』

本当だろうか。私は名探偵になったつもりで少しの間考えてみる。

「刑事さん。神奈川県警の捜査一課には、アカポリはいますか？」

『アカポリ？』

「そうです。アカポリです」

『い、いますよ』

「何人いますか？」

『えっと、さ、三人です』

「そんなにいますか。それで、アカポリって何ですか？」

アカポリとは、婦人警官を意味する警察用語だった。現役の捜査一課の刑事が、アカポリを知らないはずがない。

『そんなことは、今はどうでもいいじゃないですか』

「あなた、刑事じゃないですね。刑事を騙《かた》って私を陥れようとしているあなたは一体誰ですか？　ひょっとして音声を変えて私に電話をしてきた犯人が、一人二役を演じているのじゃないですか」

『うるさい！　もうそんなことはどうでもいい。一刻も早く、金を振り込め！　そうしないとあの写真と動画を公開するからな。覚悟しとけよ』

以上が私の身に起こった奇妙な事件のあらましです。

その後、新聞やネットニュースを隈《くま》なく調べてみても、横浜のGホテルで女性の変死体が見つかったという記事はありませんでした。そうなると愛莉が死んだというのも、あの偽刑事のでっち上げにすぎないと思いました。

しかし、私に送られてきたあの写真は本物です。あの写真はどうやって撮られたのか。犯人が愛莉の部屋に忍び込み隠しカメラをセットした可能性もなくはありません。

しかし愛莉自身が、私を脅すために自ら撮影したのかもしれません。

そう考えると、今までの奇妙な事件の辻褄《つじつま》がぴたりと合ってしまうのです。もちろん証拠はありませんし、愛莉や偽刑事と接触できなければ真相を確かめることもできません。愛莉は犯人に隠し撮りをするように脅されたのか。それとも愛莉の方が首謀者で、犯人は彼女に命じられて偽刑事になったのか。そもそも愛莉が私にファンレターを送ってきたのも、最初から私を騙す目的だったのかもしれません。

もしもそうならば自分のあられもない姿が写っている以上、愛莉が写真や動画を公開するはずがないと思いました。

だから私は、犯人に金は払いませんでした。

私の推理が当たっているかどうかは、今後あの写真や動画が公開されるかどうかにかかっています。

もしも公開されなかったら、この事件は闇に葬り去られることでしょう。しかし公開されてしまったら、私の推理は外れていたということで、その時は負けを認めざるを得ません。

もしもそうなってしまった時は、私のダメージは計り知れません。愚かな作家が騙された奇妙な事件を、マスコミは面白おかしく書き立てることでしょう。そこで私は考えました。もしもそうなってしまった時には、逆に炎上商法で一儲けしようとこの作品を一気に書き上げたのです。

あとがき

志駕　晃

本格的にミステリー小説を書いてみようと思い、一〇年位前に古今東西のミステリーや推理小説を貪るように読んだことがありました。当時のベストセラーはもちろん、不朽の名作、古典、海外ミステリーなど、とにかく二〇〇冊ぐらいは読んだと思います。密室、探偵、日常の謎、ハードボイルド、そして叙述トリックなど、世の中には様々なミステリー小説があるなと感心したのですが、その時に最も魅了されたのが江戸川乱歩の短編作品でした。

その時で既に死後五〇年近く経っていたのに、乱歩の短編作品は古さを全く感じさせず、頁を捲る手が止まらなかったことを覚えています。乱歩の死後、何千、何万冊もの小説が紡がれてきましたが、未だに乱歩を超える作家は登場していないのかもしれません。

乱歩の作品を読むことで、ミステリー小説を書くヒントを摑んだような気がしました。文章はわかりやすく、舞台設定は大胆に、時にエロティックに、怪奇・猟奇的な味わいを加え、そして狂気が宿った人物が物語を展開していく。

「人間椅子」や「屋根裏の散歩者」のように、普通の生活をしているすぐ近くで猟奇的でグロテスクな事件が起こっている。椅子の皮張りや天井の板一枚挟んだところに、とんでもない変態がいるなんて、そんな物語をどうやって乱歩は思いついたのでしょうか。それが不思議でしょうがありません。しかもそれらは、今から一〇〇年も前に書かれているのです。

創造は模倣から始まる。

かつてトルストイはそう言いましたが、そんな乱歩作品をその後の創作活動の参考にしました。「人間椅子」や「屋根裏の散歩者」に代わる題材は何かと考えました。そしてスマートフォンという現代人に欠かせない最も便利なものが、使われ方ひとつで最も危険なものになるということに気付きました。「人間椅子」と「スマホを落としただけなのに」は、そんなところで繫がっていたのです。

そして乱歩の短編集の魅力の一つに、想像力を掻き立てる魅力的なタイトルが挙げられます。「人間椅子」「屋根裏の散歩者」「人でなしの恋」「夢遊病者の死」「一人二役」「鏡地獄」「算盤が恋を語る話」など、タイトルを目にした途端に、どんな話か想像してしまいました。

そしていつの間にか、乱歩の短編小説の翻案小説を書きたくなってしまいました。特に「人でなしの恋」を読んだ時は、これは完全に現代の話だと思いました。この作品は令和の今に置き換えた方が、絶対説得力のある作品になると創作意欲を掻き立てられました。また他の作品も、人工知能やスマートフォン、Ｗｉ－Ｆｉ、オンライン会議などのテクノロジーの進化と、パパ活やマッチングアプリなどの今日の社会現象を織り交ぜて現代風に書けたら面白そうだと。

そう思い書き始めてみましたが、最初に最も大きな壁にぶち当たってしまいました。それは乱歩作品の翻案をする以上、代表作である「人間椅子」は避けて通れないということでした。しかしあの設定を令和の現代に置き換えるのはさすがに難しく、何度も挫折しそうになりました。

そしてやっと、「令和　人間椅子」が完成しました。

しかしいくら不朽の名作とはいえ、「人間椅子」を読んでいる令和時代の若者は少ないです。「令和　人間椅子」だけ読んでも、どうしてこの作品が生まれたかを知ってもらわなければ面白さは半減です。そこで、新旧の「人間椅子」の朗読劇を上演することにしました。当時はコロナの真っ最中で、リアルな朗読劇はできませんでしたが、声優の伊東健人さん、佐藤聡美さん、南早紀さんによる「令和　人間椅子」、同じく声優の中島ヨシキさん、大空直美さんによる乱歩版の「人間椅子」を、配信したところ好評を博すことができました。

そして今、さらに五作品が完成し、念願の短編集が出版されます。令和版ではオリジナルのどこがどのように変わったのか、是非とも読み比べてみてください。きっと楽しんでいただけるはずです。

もしもオリジナルの小説が手に入らなければ、音声コンテンツで聴くこともできます。

実は一二年前に、神谷浩史さんに乱歩版の「人間椅子」をラジオで朗読してもらったことがありました。そしてそのコンテンツを再編集して、株式会社オトバンクのaudiobook.jpで配信してもらっていたのですが、今回この「令和　人間椅子」が書籍化されるにあたり、神谷さんに令和版の朗読もしていただけることになり、神谷さんの朗読による新旧「人間椅子」が、audiobook.jpで聴けるようになりました。

さらにこの本に収録された令和版のその他の五作品を、日野聡さん、西山宏太朗さん、伊東健人さん、山下誠一郎さん、葉山翔太さんが、そして乱歩オリジナルの五作品を、下野紘さん、松岡禎丞さん、広瀬裕也さん、盆子原康さん、稲垣なつさんが朗読してくれました。

それらのコンテンツも全てaudiobook.jpから、配信されています。それらは個別に購入して聴くこともできますが、聴き放題サービスもありますので、興味のある方は、〝オーディオブックジェーピー〟と検索してみてください。

音声コンテンツの乱歩作品は、本で読むのとは一味違う魅力があります。大正時代には紙でしか読めなかった小説ですが、「令和　人間椅子」はスマホで聴くこともできるわけです。さすがの大乱歩も、そんな時代が来ることは予測できなかったのではないでしょうか。

そして五〇年ぐらい時が経った時に、また誰か新しい作家がその時代の「人間椅子」

を書くのではと夢想せずにはいられません。その時には、一体どんなデバイスで「人間椅子」を読むことができるのでしょうか。

本作品は文春文庫のための書き下ろしです。
DTP制作　エヴリ・シンク

文春文庫

令《れい》和《わ》　人間《にんげん》椅子《いす》

定価はカバーに
表示してあります

2024年7月10日　第1刷

著　者　志《し》駕《が》　晃《あきら》

発行者　大沼貴之

発行所　株式会社　文藝春秋

東京都千代田区紀尾井町 3-23　〒102-8008
ＴＥＬ　03・3265・1211㈹
文藝春秋ホームページ　http://www.bunshun.co.jp
落丁、乱丁本は、お手数ですが小社製作部宛お送り下さい。送料小社負担でお取替致します。

印刷製本・大日本印刷

Printed in Japan
ISBN978-4-16-792245-0

（　）内は解説者。品切の節はご容赦下さい。

恩田　陸
夏の名残りの薔薇
沢渡三姉妹が山奥のホテルで毎秋、開催する豪華なパーティ。不穏な雰囲気の中、関係者の変死事件が起きる。犯人は誰なのか、そもそもこの事件は真実なのか幻なのか——。（杉江松恋）
お-42-2

恩田　陸
木洩れ日に泳ぐ魚
アパートの一室で語り合う男女。過去を懐かしむ二人の言葉に、意外な真実が混じり始める。初夏の風、大きな柱時計、あの男の背中。心理戦が冴える舞台型ミステリー。（鴻上尚史）
お-42-3

大山誠一郎
赤い博物館
警視庁付属犯罪資料館の美人館長・緋色冴子が部下の寺田聡と共に、過去の事件の遺留品や資料を元に難事件に挑む。超ハイレベルで予測不能なトリック駆使のミステリー！（飯城勇三）
お-68-2

大山誠一郎
記憶の中の誘拐
赤い博物館
赤い博物館こと犯罪資料館に勤める緋色冴子。殺人や誘拐などの過去の事件の遺留品や資料を元に、未解決の難事件に挑む!?シリーズ第二弾。文庫オリジナルで登場。（佳多山大地）
お-68-3

垣根涼介
午前三時のルースター
旅行代理店勤務の長瀬は、得意先の社長に孫のベトナム行きの付き添いを依頼される。少年の本当の目的は失踪した父親を探すことだった。サントリーミステリー大賞受賞作。（川端裕人）
か-30-1

垣根涼介
ヒート アイランド
渋谷のストリートギャング雅《みやび》の頭《ヘッド》、アキとカオルは仲間が持ち帰った大金に驚愕する。少年たちと裏金強奪のプロフェッショナルたちの息詰まる攻防を描いた傑作ミステリー。

か-30-2

加藤　廣
信長の血脈
信長の傅役・平手政秀自害の真の原因は？　秀頼は淀殿の不倫で生まれた子？　島原の乱の黒幕は？　『信長の棺』のサイドストーリーともいうべき、スリリングな歴史ミステリー。

か-39-9

贄《にえ》の夜会（上下）
香納諒一
《犯罪被害者家族の集い》に参加した女性二人が惨殺された。容疑者は少年時代に同級生を殺害した弁護士！　サイコサスペンス＋警察小説＋犯人探しの傑作ミステリー。（吉野　仁）
か-41-1

ガラスの城壁
神永　学
父がネット犯罪に巻き込まれて逮捕された。悠馬は真犯人を捕まえるため、唯一の理解者である友人の暁斗と調べ始めることに――。果たして真相にたどり着けるのか!?（細谷正充）
か-81-1

街の灯
北村　薫
昭和七年、士族出身の上流家庭・花村家にやってきた若い女性運転手〈ベッキーさん〉。令嬢・英子は、武道をたしなみ博識な彼女に魅かれてゆく。そして不思議な事件が……。（貫井徳郎）
き-17-4

鷺《さぎ》と雪《ゆき》
北村　薫
日本にいないはずの婚約者がなぜか写真に映っていた。英子が解き明かしたそのからくりとは――。そして昭和十一年二月、物語は結末を迎える。第百四十一回直木賞受賞作。（佳多山大地）
き-17-7

柔らかな頬（上下）
桐野夏生
旅先で五歳の娘が突然失踪。家族を裏切っていたカスミは、必死に娘を探し続ける。四年後、死期の迫った元刑事が、事件の再調査を……。話題騒然の直木賞受賞作にして代表作。（福田和也）
き-19-6

悪の教典（上下）
貴志祐介
人気教師の蓮実聖司は裏で巧妙な細工と犯罪を重ねていたが、綻びから狂気の殺戮へ。クラスを襲う戦慄の一夜。ミステリー界の話題を攫った超弩級エンターテインメント。（三池崇史）
き-35-1

罪人の選択
貴志祐介
パンデミックが起きたときあらわになる人間の本性を描いたSFから手に汗握るミステリーまで、人間の愚かさを描く、貴志祐介ワールド全開の作品集が、遂に文庫化。（山田宗樹）
き-35-4